I'm sorry, mama.

桐野夏生

集英社文庫

目次

Contents

アイム ソーリー、ママ

I'm sorry, mama.

1

愛の船に乗った子供たち

春の宵、門田《かどた》夫婦は結婚二十周年の食事に出かけるところだった。久しぶりの外食に浮かれた美佐江は、東中野の錦華苑《きんかえん》でなきゃ嫌だ、と稔が言い張るのでがっかりした。服に焼肉の臭いが付いてしまう。美佐江は、大久保のブティックの閉店セールでやっと手に入れたミッソーニもどきのニットスーツを着ていた。太った美佐江が着ると編み目が横に広がり過ぎるのだが、赤青黄緑の色合いが実にお顔映りを良くしますねえ、とパンチパーマの店主に褒められた自慢の服だった。美佐江は函館市場に行きたかった。半分凍ったマグロを載せた握りが何度も巡って来る様を思い浮かべると唾《つば》が溜まる。ああ、お鮨《すし》が食べたい。

「焼肉って決めてたんなら、最初から言ってくれればいいのに」

美佐江の小言をよそに、稔は張り切って指を折っている。

「上カルビ、上ハラミ、ミノ、ネギタン塩、ピートロ、ホルモン、キムチ盛り合わせ、チャプチェ。余力があればチヂミ食って、仕上げにビビンバかクッパ。チゲもいいな。それともカルビは特上にして余計な物を落とすかだよ」

「ロースも頼んでよね」

美佐江は抗議したが、中野の狭い路地を先に行く稔の耳には届かないらしい。その足取りはスキップでも踏みそうに弾んでいた。色褪《いろあ》せた大きい目のジーンズにパーカー。整髪料で逆立てた茶髪。アーティストっぽく、顎鬚《あごひげ》を少し伸ばしている。貧相な小男の稔は中年になっても三十代前半にしか見えない。たかが焼肉で喜んでいる夫の姿を、美佐江は背後から観察した。永遠の子供。二十五歳年下の夫。

一緒に住み始めた頃、美佐江が「母ちゃんって呼んでいいよ」と言ってやったら、稔は小さな声で囁《ささや》くだけで、決して人前では言わなかったものだ。なのに、今は堂々と「母ちゃん」と大声で呼んで憚《はばか》らない。子供もいない自分が夫に「母ちゃん」と呼ばれるのは、正直言って嫌だ。稔が、夫婦ではなく初老の母親と壮年の息子と誤解してくれ、と周囲に触れ回っているように感じられるから。二人きりの時の稔は可愛いが、不必要に世間に見栄を張る癖だけは気に入らない。それとも、急に老けてお婆《ばあ》さんになった自分が、いつまでも妻として見られたいと焦っているのだろうか。どうも後者らしい。美佐江はもっと若造りして頑張らねば、と決意を新たにした。

「お、夫婦でお出かけ？　いいねえ」

パチンコ屋の駐輪場で、自転車の鍵を掛けていた老人が顔を上げてにやりと笑った。稔が暮れまで働いていた工務店の親父だ。稔は返事もせずに下を向いた。代わりに美佐江が愛想笑いをする。親父がパチンコ屋に消えた途端、稔が強い口調で美佐江を詰《なじ》った。

「母ちゃん、笑うことねえよ。あいつ、根太《ねだ》がしなってるのまで全部俺のせいにしやがってさ。本当は基礎工事が悪いんじゃねえか。俺は基礎関係ねえもん。俺、大工だもん。責任転嫁すんなよって。ほんと頭来るよな」

稔は腕の悪い大工だった。稔が建てた家はよくクレームが付いた。床鳴り、壁のひび、雨漏り、床の傾き。ゴルフボールが唸《うな》りを上げて転がって行ったぞ、と怒りの電話が自宅にかかってきたこともある。パチンコ狂の工務店主にリストラされたのは、すでに三カ月も前だ。それまでに四回も工務店を替わっているのだから、稔は欠陥大工なのかもしれない。なのに、稔は一向に職探しに行こうとしなかった。先行きを考えると不安だが、六十をとうに過ぎた美佐江が働こうにも、ビル清掃くらいしかない。それは元キャリアウーマンのプライドが許さない。自然、二人の生活は美佐江の年金に頼らざるを得なくなった。焼肉なんて贅沢《ぜいたく》をしてる場合じゃない。美佐江の顔はきつくなったが、口を衝《つ》いて出る言葉は優しかった。保育士時代の賜物《たまもの》だった。

「お世話になった社長にそんな言い方していいの。次の仕事だって世話してくれるかもしれないのに」

「母ちゃんさあ」稔が唇を尖《とが》らせた。「あいつ、俺と母ちゃんのこと馬鹿にしたんだぜ。お前の奥さん、俺より年上なんだって、そりゃ大変だろうって」

美佐江の頭に血が昇ったが、稔に仕事を得させたい気持ちも強い。

「そのくらい我慢して頼んでみたら」

「それさあ、老人の発想だよ。若い奴は後ろを振り返らないよ」

「何言ってるのよ。稔ちゃんだって若くはないわよ。四十二歳じゃない」

激怒した美佐江の言葉に稔はきょとんとした。驚いた山羊《やぎ》みたいだ、と美佐江は可笑《おか》しくなった。昔、勤めていた児童福祉施設で飼っていた山羊のことを唐突に思い出した。あの山羊は何という名前だったっけ。

「ねえ、星の子学園に山羊いたじゃない。顎鬚が稔ちゃんにそっくりな。あれ、何ていう名前だっけ。ほら、皆で裏のウサギ小屋を改造して小屋を作ったでしょう」

「さあ、覚えてねえよ」

星の子学園の話をすると、稔は不機嫌になる。下町にあった星の子学園は、七年前に区の大きな福祉施設と統合され、名前が消滅したのだ。そのニュースを聞いて悲しんだ美佐江とは逆に、稔はほっとしていた気がする。

ビニールコーティングされた錦華苑のメニューは、粘り気のある脂分に覆われていた。神経質な美佐江は、非難の眼差しで店員を探した。二十人も入れば満員の小さな店で、テーブルが五つ。満席で、店内全体を白い煙がもうもうと覆っていた。煙を透かして奥を覗《のぞ》くと、エラの張った中年男が厨房《ちゅうぼう》からカウンターに身を乗り出して、熱心に棚の上のテレビを見つめていた。女店員も、カウンターに寄りかかってぼんやりテレビを眺めている。百七十センチはありそうな、体の大きな女だった。二人が見ているのは、NHKの七時のニュースらしい。そんなもの見る暇があったら、メニューを綺麗に拭いて注文取りにいらっしゃいよ、と文句を言いたいところだったが、鼻ぺちゃが目立つ女の横顔に何となく見覚えがあって、美佐江は必死に考え始めた。しかし、最近は物忘れが激しくなり、思い出せないうちに何を思い出そうとしていたのかも忘れることがしばしば起きるので、思い出せないこと自体が美佐江を、落ち着かない気分にした。メニューを検分していた稔がのんびり尋ねる。

「母ちゃんはチューハイだろう」

「最初はビール。ああ、いい服に臭いが付くわよね。嫌だなあ」

美佐江はニットのジャケットを指さした。新しい服に気付こうともしない稔への不満があった。店に入ってすぐ、半袖のTシャツ姿になった稔は、冷淡な言い方をした。

「脱げば。俺、母ちゃんの派手なスーツ姿、正直言ってあまり好きじゃないんだわ」

「へえ、どうして。これ結構高いのよ。半額で一万八千円もしたのよ」

美佐江は心外な思いでニットスーツのラベルに触れた。

「高い安いの問題じゃないんだよ。それ着るとさ、母ちゃん、星の子祭りで挨拶する園長先生みたいに見えるからやめた方がいいよ。そういう時、先生ってお洒落《しゃれ》するじゃない」

園長になりたかったのになれなかったじゃない。稔とのことがばれる前に辞めて福祉事務所に移ったんだから。美佐江は皮肉な目で稔を睨《にら》んだ。それに下はバハシャツだ。どのみち脱げっこないのだ。癪《しゃく》に障ったから、稔が脱ぎ捨てたパーカーを羽織って、少しでも煙と臭いの被害から服を守ることにした。メニューをめくっている稔は気が付く風もなく、なおも言った。

「俺さ、母ちゃんの服装、ちょっと気に入らないんだよ。時々、清純系の格好するじゃん。白いブラウスにグレーのスカートとか。あれも嫌い。先生先生しててさ」

美佐江は苦笑した。先生先生もないものだ。美佐江は紛れもない先生で、稔とは星の子学園の園児として出会ったのだから。ひ弱で泣き虫の稔は常に美佐江を目で探し、「みさえせんせー」と追って来たではないか。美佐江が保護しなければ苛《いじ》められる弱い園児だった。それがいつしか大のお気に入りになり、贔屓《ひいき》を隠すために秘密の「マイ子供」になった。内緒の疑似母子。厨房の片隅で、園庭の茂みの陰で、こっそりおやつをあげたり、抱き締めたり、頭を撫でて話を聞いてやる、自分だけの可愛い「子供」。保育士には必ず贔屓する子供がいるが、美佐江の場合は少々常軌を逸していた。稔が美佐江を慕う度合いが並外れていたせいだ。稔は幼い頃に母親を亡くし、父親は施設に稔を預けたきり連絡を絶った。親に甘え足りない思いが稔の中に常に充満しているらしく、追い求め方も尋常ではなかった。そのため、美佐江も自分がいなければ稔は真人間にならない、とまで信じるようになった。

美佐江は稔が十八歳になって卒園し、大工見習いとして独り立ちするのを待って誘った。その時の美佐江は四十四歳。ベテラン保育士として、後輩を指導する立場にあったが、稔のいなくなった園の生活には何の生き甲斐《がい》も感じられなかったのだ。

「稔ちゃん、先生と一緒に暮らそうよ。卒園したんだから誰にもばれやしないわ。追跡調査だって私が報告書書くんだもの、大丈夫。私、あなたを一生守って面倒を見てあげる。あなたは極度のマザコンだから、先生がいなきゃ今に罪を犯すようになるかもよ」

半ば脅迫だったが、稔は涙を流してぽつりと言った。

「嬉しいです。俺、工務店で毎日苛められてるんすよ」

家庭の味も知らない奴に家なんか作れっかよ、と言って先輩が馬鹿にするんだよー。そんなの俺のせいじゃないよー。初めて一緒の布団で寝た時、稔はそう叫んでいきなり泣きだした。抱き締めて慰めているうちに、稔は体を丸めて美佐江の懐に入って乳房に触れた。そして、大きな溜息を吐《つ》いた。男女の同棲ではなく、美佐江と稔は「母子」だった。衆目《しゅうもく》の中で先生と園生を装わざるを得なかった「母子」が、ようやく誰にも遠慮することのない自由な暮らしを手に入れたのだ。秘密の同棲を始めて三年目、美佐江の園長昇進が決まりそうになった。その話を聞いた稔は荒れた。

「園長先生はみんなのお母さんだから、母ちゃんは俺の母ちゃんじゃなくなるよ」

「あなたの母ちゃんじゃない。園のことはもう稔ちゃんに関係ないでしょう」

「あるよ。あそこは俺の船だもの。船に俺と母ちゃんが一緒に乗っていたんだよ。あっちの岸からこっちの岸まで乗る船だったんだよ」

「じゃ、このアパートは何なのよ」

「俺と母ちゃんのおうち。俺は船から下りてやっと本当のおうちに住めるようになったの」

稔の不思議な論理に美佐江は酔った。子供たちの安らかな家庭であるはずの園は、稔の家ではなかったのだ。自分と出会わなければ、この子は永遠に彷徨《さまよ》うところだった、と。

「稔ちゃんも今に若い女の人と結婚するんでしょう。だったら、私も園長になって仕事したいわよ。仕事にでも没頭しなきゃ寂しいもの」

「俺、結婚なんかしないよ。母ちゃんだって嫌だろう。俺がよその女と一緒に寝たら嫌だ、絶対に。その夜だった。稔を赤ん坊のように風呂に入れ、洗ってやり、布団に寝かしつけ、食事から排泄《はいせつ》まですべての面倒を見てやったのは。美佐江は稔と婚姻届を出し、転職を決意した。マイ子供とマイ夫を同時に手に入れたのだから。

今の稔は、若い時より自信に溢《あふ》れている。が、その芯《しん》が か細いのは私だけが知っている。私がいなければこの子はやっていけない。私がいなければこの子は道を誤る。この洞察と感情と意志がある限り、稔が腕の悪い大工だろうと、まともな性行為もできない男だろうと厭《いと》わず愛せるのだった。自分が一生母親の代わりを務めて稔を幸せにする。それも女の愛ではないか。

「注文お願いしまーす」

稔の大声に、美佐江は現実に戻った。テレビを見ていた女店員がやっと来た。四十過ぎか。女子プロレスラーかと思うほどガタイが大きく、やや太り気味。肩まで伸びた髪は、本来の髪の色と金茶に染めた部分とがくっきりと二分され、それも数年は染めていないらしく、黒髪の部分の方が長くなっていた。オレンジ色のTシャツの上に黒いキャンバス地の薄汚いエプロンを着け、顔には白めのファンデーションを塗ったくっているのに、Tシャツと合わない真っ赤な口紅は剝《は》がれかけている。荒《すさ》んだ外見をしているが、全く整えていない眉尻と目尻が下がっているお多福顔なので、見る者によっては愛《あい》嬌《きょう》を感じさせる容貌《ようぼう》ではあった。稔が注文している間、女は盆を小脇に抱え、左手で不器用そうに注文を書き付けていた。誰も判読できない異民族の数字みたいな筆跡。美佐江の視線に気付いた女が下がり目で美佐江を見返した。一瞬、両目の底が獣のように青く明滅した。どきっとした美佐江は女の後ろ姿を注視した。どこかで会ったことがある。美佐江は、金網にカルビを敷き詰める作業に没頭している稔に声を潜めて聞いた。

「稔ちゃん、あの人見たことない？」

稔が眉を顰《ひそ》めて目の焦点を合わせた。稔は決して眼鏡を掛けたがらないが、かなりの近眼で老眼も始まっていた。

「会ったことないよ。近所のおばさんじゃない」

「おばさんて言うけど、あんたと同じくらいの歳《とし》でしょう。ねえ、あの人、昔はどんな顔していたのか想像できない？　私はあの人、園にいたんじゃないかと思うのよ。子供の時の顔が一瞬浮かんだ気がしたんだけど」

「星の子にいたってこと？　誰だろう。ちょっと待てよ。確かに、見たことあるな」

稔が口を噤《つぐ》んだ。コブクロを運んで来た女が乱暴に皿を置いた。稔は臓物の入った皿にいったん目を落としてから、早口に囁いた。

「母ちゃん、あいつ、もしかしてアイ子じゃないか。ほら、松島アイ子っていたじゃない。俺が小学校二年の時に突然来た」

不意に、表情の乏しい、下がり目をした痩《や》せっぽちの女の子の姿が脳裏に浮かんだ。物珍しげに園内を眺めていた視線が奇異だったから印象に残っている。アイ子はたった一人で見知らぬ場所に連れて来られたのに、怖《お》じても悲しんでもおらず、動物園で見たことのない動物に目を瞠《みは》る子供を連想させたのだった。大概の子供は親や兄弟と離され、大勢の子供たちが生活する様にパニックを起こす。だが、アイ子は全く違っていた。夕食後、保育士にくっついて職員ルームに入ろうとするので子供部屋に連れて行ったら、自分の居場所がなぜここなのだ、という驚いた顔をした。アイ子は自分を子供だと思っていない節があった。

おそらくアイ子は自分以外の子供を初めて見たのだろう、と後で福祉委員から聞かされた。アイ子は台東区の娼婦の置屋《おきや》で育った。父親は不明。母親は赤ん坊を産み落として姿を消し、アイ子は行き場がないまま、置屋の片隅でいつの間にか大きくなった。就学時期を迎えても戸籍がないため、見かねた民生委員が母親を探したが見つからなかったと報告にあった。そのうち経営者の老女が車に轢《ひ》かれて死に、置屋は潰《つぶ》れた。突如行き場を失ったアイ子は自ら交番に相談に行ったのだという。あまりの悲惨な状況に区の福祉委員も保育士たちも、アイ子の扱いをどうしたらいいか協議を重ねたが、意外にもアイ子の環境順応能力は異常に高かった。ごく自然に八歳児として園で生活した。一年遅れで入学した小学校でも学業の出来はともかく、これといった問題は起こさなかった。園にいたのは、中学卒業までの八年間で、途中、一年間だけ養育家庭で暮らしたこともある。来た頃は、痩せっぽちで小柄だったのに、中学に入る頃には急に大きくなっていた。よほど栄養失調だったのだろう、と職員ルームで話題になったこともある。

「思い出したわ」美佐江はタン塩をレモン汁に浸しながら言った。「育った経緯は異常なのに、あの子は普通過ぎるほど普通だった。いつもニコニコしてて愛想が良かったわ。物真似《ものまね》が上手で、皆の真似して受けてたじゃない」

稔が嫌な顔をした。

「ニコニコじゃねえよ。にやにやしてんだよ、あれは。母ちゃんは知らないだろうけどさ、俺はあいつ怖かったよ。あいつ、汚ねえ箱持ってたの、知ってる? そん中に靴が入ってるんだよ。履き潰した古靴。看護婦さんが履いてるみたいな白い奴だよ。それを母親の形見だとか言って大事にしてるのはいいんだけどさ。あいつ、靴と喋《しゃべ》ってたんだぜ、いっつも。それも一人二役で。すげえ気持ち悪かった」稔は、口真似をした。「ママ、アイ子ちゃんね、今日の跳び箱八段も跳べたんだよ。あら、そうなの。アイ子ちゃんの運動神経のいいのはママ譲りかもしれないわね。あたしも鉄棒上手だったのよ。逆上がりだけじゃなくて、大車輪とかもできたのよ。すごーい、ママ。あたし、ママに似たのね。こんな感じで延々と喋るんで、有名だったんだ。それも大嘘だから。跳び箱八段も跳べるかよ、小学校四年生が。母ちゃん、ほんとに知らないのかよ」

自分が優秀な保育士だったと思い込んでいる美佐江は、今頃になって、稔の口からそんな大事なことを聞かされて、衝撃を受けた。

「へえ、知らなかったわ」

「あいつ、先生の前じゃ絶対にやらないんだよ。誰もいなくなった部屋とか、押入れの中で喋るんだ。それを井上さくらが見てさ、すげえ馬鹿にしたことがあったんだ。アイ子って、気持ち悪いーとか言って。知らないのかよ」

ふた言目には「知らないのかよ」を連発する稔が、今日は憎たらしい。美佐江は、奥の手を使うことにした。

「ああ、さくらちゃんなら大人っぽくて頭いいから、そのぐらいのこと言うかもしれないわね。あの子は園始まって以来の秀才だったものね。奨学金貰《もら》って国立大に入れたし。でも、若いのに死んじゃって可哀相だった」

途端に稔が顔を歪《ゆが》めた。

「俺の前で他の園生褒めるのしないって約束したじゃないか。俺だけが可愛いんだろう」

「ごめんごめん」

「いいよ、昔のことだから。母ちゃん、靴の箱の件、ほんとに覚えてないのか」

さあ、と美佐江は首を捻《ひね》った。昔話に夢中になって、いつの間にか二人の箸が止まっていた。カルビが炭化してしまった。稔が焼けた肉を剝がし、美佐江の皿に取り分けてくれた。

「ありがと、優しいね」

稔は美佐江の褒め言葉に照れて、ぶすっとした。稔は弱いけれども優しい。優しいけれど弱い。自分の生涯は、この子と出会ったことで劇的に変わった。あのまま星の子学園で園長になり、勤め上げていたらどうなっていただろう。保育士としては充実していたかもしれないが、女としては不完全だった。美佐江は普段より激しく稔を思った。あと二十年は長生きして、稔の老後を何とか楽しくしてあげたい。

「そこ、どかしてください」

女が、ビビンバの重そうな石の器を無表情に掲げ、テーブルの上を片付けるよう目顔で促していた。急いで皿や箸を脇にやってビビンバを置く場所を作りながら、美佐江は好奇心を抑え切れずに女に話しかけた。

「あのう、違ってたらごめんなさいね。あなた松島アイ子さんじゃないですか。私は星の子学園で保育士をしていた門田美佐江ですけど」

女は一瞬強張《こわば》った目をしたが、急に目尻を下げて笑った。

「やっぱりそうですか。あたしも美佐江先生じゃないかなと思ってましたけど、太ったからわからなくて。あたし、人の顔を割とよく覚えている方なんですけどね」

美佐江は「太った」という言葉に多少傷付いたが、嬉しくなって稔を指さした。

「じゃ、この人わかる？」

稔は腕を組み、まじまじとアイ子を見つめている。美佐江は、稔が同年や年若な女を苦手としているのを知っていたから、さぞかし心中では自分の行いを嫌がっているだろうとは思っていた。しかし、昔の園生を懐かしむ気持ちは抑えられなかった。

「めーめー先生でしょう」

アイ子は間髪を入れずに答えた。美佐江は爆笑し、稔は憮然《ぶぜん》とした。

「やだな、それ園で飼ってた山羊の名前じゃない。そうそう、めーめー先生って言うんだよ、母ちゃん」

稔の「母ちゃん」という呼びかけに、アイ子の不揃《ふぞろ》いな眉がぴくりと動いたような気がした。美佐江は思い切って打ち明けた。

「あの、私たち結婚したのよ。近くに住んでるから、遊びに来てよ。あなたの近況も知りたいし、何かあったら助けたいから。余計なことだったら悪いけど、私は永遠に皆の『母ちゃん』でいたいから」

アイ子は目の表情を変えなかったが、言葉だけは熱心に言った。

「あ、行きたい。行きたいです。必ず、遊びに行きますから連絡先教えてください。住所と電話番号」

アイ子は粗末な注文票を一枚剝がし、持っていた鉛筆を美佐江に押し付けると他のテーブルの片付けに向かった。次の客が待っている。稔が低い声で囁いた。

「馬鹿だな、母ちゃん。ほんと馬鹿だよ。あんな奴に話しかけて。あいつ気持ち悪いって俺言ったばかりじゃないか。あいつに構うなよ」

「どうして。私は卒園生のことは気にかけてるのよ。幸せにやってるかしらって。急に思い出したわ、いろいろなこと。回顧録でも書いてみようかな」

調子に乗っているとは思わなかった。この頃の美佐江は、いつもこうなのだ。世話をした子供たちが、今の稔と自分のように幸せに生きているかどうか、心配でならない。不幸だった子供たちが、幸せな生活を得てほしいと願う気持ちは年々強くなる。六十七歳という年齢がそうさせるのかもしれない。保育士という仕事を経て、稔との結婚で人間的成熟を得たのだ。不憫《ふびん》なアイ子はどうなのだろう。美佐江は振り向いてアイ子を見た。アイ子は、肉の付いた背を丸め、レジで不器用そうに電卓を叩《たた》いて計算していた。その表情は面を被《かぶ》っているような化粧で何もわからない。でも、あのアイ子もこうして頑張って生きているんだ。あの子の人生もきっと波乱万丈だったことだろう。美佐江は自然に胸が詰まった。

「ねえ、稔ちゃん。こういうのどうかしら。『愛の船に乗った子供たち』っていうの。

回顧録のタイトルなんだけど」

美佐江は自分で言って恥ずかしくなり、顔を赤くした。

「母ちゃん、顔が赤いよ。どうしたの」

稔が不思議そうに尋ねた。回顧録になど何の関心もなさそうだ。

「キムチ辛いんだもの」

「辛いのに弱いんだから食うなよ。それよっか、『山ちゃん』に寄って帰ろうよ。俺、カラオケ歌いたい」

うっかりアイ子にも「皆の母ちゃんでいたい」と言ってしまったことに、稔が何も拘《こだわ》っていないので安心した。美佐江は焦げて冷たくなったミノを最後にひとつだけ食べた。だが、硬くて嚙《か》み切れないので、口から出して床に捨てた。汚い店だから構わない、と思った。

レジで勘定をする時、美佐江はそっとアイ子に連絡先を書いた紙を渡した。アイ子はその紙をエプロンのポケットにさりげなく仕舞って頷《うなず》いた。稔はトイレに行っていていない。

「ねえ、アイ子さん。稔ちゃんとスナックに寄るから後で来ない？」

「え、いいんですか。行って」

アイ子は釣り銭を数えている最中で、俯《うつむ》いたままだった。

「いいわよ、みんな星の子の仲間じゃない。ねえ、あなた結婚は？」

「してませんよ」

美佐江は胸を熱くした。アイ子はまだたった一人で生きているのだ。

「じゃ、来てね。飲み屋横丁にある『山ちゃん』て店だから。あなた、物真似名人だったじゃない。どんな歌を歌うのか、聞きたいわ」

お世辞を言われて顔を上げたアイ子は、一瞬目を泳がせた。そうすると、愚鈍そうな表情になった。迷っているのだろうと美佐江は考え、アイ子の肩を叩いた。

「あなたの好きにして」

児童福祉施設にいたことを隠す卒園生は多い。社会の差別が怖いのだ。だが、アイ子とてすでに四十歳を越えているはずだ。そんなつまらないことを気にするより、前向きになるべきではないか。美佐江はそう思える強い自分を幸福に感じた。

スナックは客が一人もおらず、がらんとしていた。薄暗いオレンジ色の照明も、賑やかに壁に張られた芸能人の色紙も、その夜は何となく店を煤《すす》けて見せている。カウンターに稔と並んで座り、生グレープフルーツハイを注文した美佐江は落ち着かなくて、何度も背後のドアを窺《うかが》った。突然会ったアイ子を誘ったことを稔に言わなかったことが、稔に申し訳なく思えてきたのだ。稔は他の客がいないと乗らないのか、「ＳＡＹ ＹＥ

S」と「ろくでなし」を歌ったきり、チューハイを呷《あお》り続けている。

「お母さんも一曲いかが？」

四十代のママがマイクを向けた。この店には稔に連れられて三回来たが、母親だと思われているらしい。仕方なしに美佐江は「津軽海峡冬景色」を歌った。稔とママのやけに熱心な拍手が気恥ずかしい。

「そろそろ帰ろうか、母ちゃん」

稔が腰を上げたので、美佐江は反射的に腕時計を覗いた。午後十一時過ぎ。とうに店は終わっている時間だった。やはり、アイ子は来たくないのだろう。思えば、アイ子と交歓したいというより、アイ子のような変わった育ち方をした子供が一人でどうやって生きてきたのか、知りたい気持ちの方が強いことは確かだった。アイ子は美佐江の好奇心を見破ったのだろうか。来なくて良かったのかもしれない。美佐江は心残りを沢山抱えて立ち上がった。

中野区中央のアパートまで歩いて帰ることにした。徒歩で二十五分。あちこちで桜の花の香りが夜気に漂っている。穏やかな夜だった。稔が美佐江の太った肩を抱いた。

「さっきごめんね、母ちゃん」

「何のことよ」

「ママさん、母ちゃんのこと『お母さん』って言っただろ。俺、頭に来たけど、ほんとのこと言うのも面倒臭いかなと思って我慢してた。ごめんね」

「いいわよ。慣れてるもの」

「いや、悪かったよ。何言ってる、俺たち結婚二十周年だ、って言ってやろうと思ったんだけど、他人に説明するのがすごく面倒臭くなる時があるんだよ」

美佐江は黙って頷いた。自分もそうなのだ。自分たちのことは誰にもわからないのだ。

線路沿いの桜が咲いていた道から小さな家が建ち並ぶ住宅街に入った途端、急に道が暗くなった。稔が美佐江の手を取った。二人は手を繋《つな》いで歩いた。

「俺さ、今日アイ子に会ってびっくりしたよ。けど、母ちゃんて優しい人だなってまた感激した」

「どうして」

「だって、言ったじゃない。俺はアイ子のことあまり信用してなかったし、好きじゃなかったって。でも、母ちゃんは偉いよ。あんな奴のこともちゃんとケアすんだなと思った。俺、ちょっと嫉妬《しっと》入ってんだろうな」

心の中から温かい気持ちが湧《わ》き上がってきて、美佐江は不意に稔を可愛がりたい衝動に捕われた。

「稔ちゃん、今晩赤ちゃんごっこしようか。言ってごらん、バブバブーって」

「やだよ」

稔の声音にはすでに幼い甘えが存在している。稔を赤ちゃんにして乳を含ませたり、おむつを換えてタルカムパウダーをはたく。そして最後に、小さな可愛いおちんちんを優しく舐《な》めたり噛んだりしてご機嫌良くさせてあげるのだ。二人のアパートはすぐそこだった。美佐江は稔の手を握ったまま、鍵を探った。

「早く中に入りまちょうね。待っててね、稔ちゃん」

木造モルタル塗り二階建て、築三十年。建物のど真ん中に階段ロが開いている不思議な構造のアパートだった。階段の左側の一階が二人の住まいだ。

「暗くて怖いでちゅ」

赤ん坊に戻った稔が美佐江に縋《すが》り付く。美佐江は照明を点《つ》けた後、稔のスニーカーを脱がしてやった。

「ほら、もう明るいでちゅよ。大丈夫でちゅよ。クック脱いでお手て洗うのよ」

稔が奥の部屋に走り、猛烈な勢いで押入れから布団を出して敷き始めた気配がした。先にお風呂を入れればいいのに。美佐江は笑いを堪《こら》えて、バッグを置いた。鍵を掛けようと思った刹那《せつな》、ドアが外から細く開いた。隙間《すきま》から覗いているのは、お多福。アイ子の顔だった。両目の底が青く光って獣のようだ。

「あら、びっくりした。今頃どうしたの」

美佐江は迷惑だと気取《けど》られないように笑い顔を作ったが、凍り付いた。ドアが大きく開き、アイ子が灯油缶を抱えているのが見えたからだ。どうしてそんなものを持って来たのだろうと訝《いぶか》しく思う。いきなり、ばしゃっと冷たい液体を全身に引っかぶった。声を上げようと思ったが、あまりのことに何も言えずに腰を抜かした。稔が押入れを閉める音がした。布団を敷き終えたのだろう。早く来て、稔ちゃん。いや、来ないで。混乱のさなか、アイ子が火の点いた紙を自分に投げ付けるのを目の端で捉《とら》える。火は足下に落ちて、高く炎が上がった。自分の体が一瞬にして火だるまになるのを感じながら、美佐江はあることを思い出していた。大学生の時に死んだ井上さくらはアパートの自室で何者かに焼死させられたのだった。美佐江は大きな叫び声を上げた。何事かと部屋から飛び出して来た稔に、美佐江は手を振った。早く来て。いや、来ないで。早く来て。

2　葬式帰りの喫茶店

　門田美佐江が原因不明の火事で焼け死んだ、という記事を読み、狐久保《きつねくぼ》隆造は思わず「うわーっ」と大声を上げてしまった。自分も七十八歳の誕生日を迎えたばかり。いずれ人は死ぬのだから、死自体に驚きはないが、六十七歳の美佐江に二十五歳も年下の夫がいたことが実に意外だったのだ。美佐江が結婚していたことさえ知らなかった。長い間、騙《だま》されていたとは。

「変な声出すんじゃないよ。驚くだろ」

　襖《ふすま》を隔てた隣の六畳間から、女房の嘉子《よしこ》が怒鳴った。

「いやあ、人間って本当にわからないもんだねえ」

「八十近いジジイが、何を今更、可愛いこと言ってんだよ」

とだ。乱暴で悪意に満ちた物言いは、嘉子がリュウマチでベッドに縛り付けられて以来のことだ。昔は口数の少ない働き者の女房だったのに、寝たきりになってからは悪口《あっこう》が巧《うま》くなり、始終苛立《いらだ》っている。病気のせいで性格が変わったのか、もともとそういう女で地が出てきたのか。隆造は、嘉子が怒りをぶちまける度に忌々《いまいま》しくて、小さな意地悪で仕返しすることにしている。隆造は焦《じ》らしてやろうと、わざとらしく溜息を吐《つ》いた。

「驚いたよ、まったく。可哀相なこった」

「そっちで、がさがさ新聞の音を立てるから、ちっとも寝られやしない。やっと、うとうとしたと思ったら変な声出してさ。いったい、何なんだ。勿体《もったい》ぶらずに早く言えよ」

もう癇癪《かんしゃく》を起こした嘉子は、枕元にあった週刊誌を床に投げ付けたらしい。ばさっという音が聞こえてきた。焦ってやがる。隆造はのらりくらりと隣室に入って行った。襖のすぐ横に病人用の低いベッドが置いてある。七十四歳の嘉子は、寝付いているうちに体中の肉が落ちて茶色くなり、怒れるミイラを連想させた。眉間《みけん》に皺《しわ》を寄せた嘉子が、枕の上に灰色の髪をばらけさせてこちらを睨《にら》んでいた。

「お前びっくりするよ。美佐江先生が焼け死んだんだ。ほら、星の子学園に長くいた門田先生だ。黒焦げだってさ」

「そら、人間死ぬさ」嘉子は言い捨ててそっぽを向いた。「珍しくも何ともない」

「それがねえ、一緒に死んだ亭主ってのが、二十五歳も年下なんだよ。稔とあるが、お前、美佐江先生が結婚してたの知ってたか」隆造は新聞記事を読んでやった。「しかも、放火の疑いもあるってさ。上の部屋に住んでいた学生も焼け死んでる。苦学生でね、早朝から剝《む》き栗《ぐり》の一斗缶を空港に運ぶバイトをしててさ。疲れて寝てたから、逃げ遅れたんだと。剝き栗なんか運ぶからだよ。あれは水に漬かっているから重いんだ」

「もし、この家が火事になったら、あんたはさっさと逃げるだろうから、あたしも焼け死ぬわね。そうなったら嬉しいかい」

「別に」

隆造はすでに美佐江の葬儀のことを考え始めていたので、嘉子の厭味《いやみ》に付き合っている暇はなかった。斎場がどこか、調べねばならない。

「あーあ、動けないのに火事で死ぬなんて悔しいだろうね」

嘉子は急に意気阻喪したのか、元気がなくなった。居間の電話が鳴った。隆造は、わざと嘉子の手の届かないベッドの足元辺りに新聞を置き、電話を取った。

「もしもし、父さん？　どうも、ご無沙汰してます。健一郎です」

父さんと呼んでいるが、健一郎は実の子ではない。隆造と嘉子の間に生まれた実子は娘一人で、他県に嫁いでいる。狐久保夫婦は長いこと養育家庭として、親のいない子供たちの面倒を見てきたのだ。里親といっても、養子縁組を結んだ子供は一人もいない。養育者のいない子供に家庭を味わわせるために疑似家族として一緒に暮らすのが、隆造夫婦の役割だったのだ。しかし、根っから好きで子供を引き取っていた訳ではない。誰にも言えないが、アパート経営傍らの副業でもあった。

健一郎は小学校低学年から高校卒業までの十年間、最も長く狐久保家で暮らした子供なのに、屋根材の会社に入って一人前になってからは碌《ろく》に年賀状も寄越《よこ》さなくなった。声に余裕があるところを見ると景気がいいのだろう、と隆造はむかついた。健一郎は門田美佐江の仲介で星の子学園から来た子供だった。新聞を読んで電話してきたに違いなかった。案の定、健一郎は沈痛な声で言った。

「父さん、新聞読みましたか」

「読んだ。突然なんでびっくりしたねえ」

「突然だから、新聞に載るんですけどね」健一郎はからかう口調で言った。「それで、葬式には行きますか」

「どうしようかな。迷っているんだ」さっきまで浮き浮きと考えていた癖に、隆造は心にもないことを言った。斎場で健一郎と会いたくない。「俺も歳だからね」

「もし父さんが行くんだったら、香典立て替えて貰っていいですか。五千円でいいです。すぐに返しますから」

何だ、そういうことか。誰がお前の分まで立て替える、俺が死んでから香典で返されたってしょうがねえよ。隆造は腹が立った。健一郎は滅多に自分の意志を表さない子供で扱いやすかったが、芯は計算高い。

「それより、美佐江先生が結婚してたの知ってたかい」

有名女子大出の妻を自慢している健一郎は、小馬鹿にしたように答えた。

「ああ、鈴木稔のことですよ。あいつ、俺と同じ歳だからよく知ってます。星の子で美佐江先生にえこ贔屓《ひいき》されてた泣き虫の稔です。写真見たら、顎《あご》の線同じだったから間違いないです」

贔屓していた園生と結婚したのか。隆造はますます驚いた。じゃ、どうも、と電話は素っ気なく切れた。健一郎を気に入っていた嘉子に嫌がらせするために、隆造はまた六畳間に戻った。

「健一郎からだよ。三年ぶりなのに、お前のこと、何も言ってなかったぞ。どうしてる、とも聞かない。あんなに世話してやったのに冷たい奴だね」

嘉子は茶色くなった顔を顰《しか》めた。

「あーあ、足が痛い。あたしの人生は何だったんだろうね。クソガキばっかり預かって、それがみんな薄情者で、苦労ばっかしてさ」

嘉子の愚痴を受け流し、隆造はいそいそと和箪笥《わだんす》の引出しを開けた。今度は枕が飛んで来て、隆造の背中に当たった。憎しみを籠《こ》めて嘉子が罵倒《ばとう》した。

「あんた、あたしの喪服着て行くつもりなんだろう。変態ジジイ」

「おい、半襟はどうやって付けるんだ」

「教えるもんか」

癪に障った隆造は枕を嘉子に投げ返し、半襟が面倒だから洋装にしようと思った。

門田夫婦の告別式は区のメモリアルセンターの中の一番小さな式場で行われた。あいにくの雨で、葬儀社が式場の入口で雨傘を入れるビニール袋を配っていた。隆造は腰を屈《かが》めて科《しな》を作り、傘袋を一枚貰った。細い袋に、青地に黄色い小花模様の散った折り畳み傘を押し込み、灰色のナイロン製レインコートを脱ぐ。レインコートは丸めて、三越の特製トートバッグの中に入れた。その後、今の仕種《しぐさ》はやや乱暴だったと反省し、慌てている振りを装った。婆さん連中は動作がゆっくりだが、丁寧で手を抜かない。今日は関係者が多いはずだから、うっかり男の挙措《きょそ》をしてぼろを出さないようにしなくてはならない。それが面倒でもあり、堪《たま》らないスリルでもあった。

隆造は、葬儀用バッグから香典袋を取り出して受付に差し出した。受付にいるのは、長いこと福祉事務所でアルバイトをしている顔見知りの主婦だった。どきどきしたが、「狐久保」と表書きした香典袋を見てから、ちらりと隆造の顔に目を遣《や》ったのみで何も言わない。隆造はほっとして式場内を眺めた。想像した通り、出席者のほとんどは区の福祉関係者ばかりだった。だが、美佐江が退職してから七年も経っているので、そう人数は多くない。隆造夫婦が養育家庭をしていた頃の知り合いも何人か来ていたが、隆造の扮装《ふんそう》を見破った人間はいなさそうだ。里親連絡会の世話役をしている初老の女と目が合った。曇った眼鏡を絶えず指で押し上げ、嬉しそうに式を取りしきっている。相変わらずの遣り手振りだ。その世話役にも、見知らぬ人にするように会釈されただけだった。

隆造は、無視されるのも寂しい、と心の中で思った。男とばれるのは女装者の名折れだが、無視されるのもまたつまらない。だが、誰も彼もが、門田夫婦のドラマティックな私生活と、その死に方に魅了されたらしく、酩酊《めいてい》した顔で場内をうろついているのだった。「死ぬ前に焼肉だってさ」と、あちこちで情報交換し合う囁《ささや》き声も消えない。

隆造は焼香の列に並び、中央の祭壇を見上げた。白菊の花で飾られた遺影がふたつ。美佐江は白髪混じりの髪を結い上げ、屈託のない顔で笑っている。少し目許《めもと》が赤らんでいるのは、事務所の新年会か何かの時の写真を使っているせいだろう。火事ですべて焼失したのだから、知り合いが提供した集合写真に違いない。いかにも意志が弱そうな細い顎が目立つ稔の写真は、四十二歳という年齢よりも遥かに若い時分の物だった。何かの証明書用の写真らしく、生真面目《きまじめ》に前方を見据えているものの、どこか投げやりな様子が窺《うかが》えた。二人共、まさかこんな死に方で人生を終えるとは思ってもいなかったはずだ。

隆造は、三十年前は色っぽかった美佐江を思い出して、不覚にも涙ぐんだ。

隆造の焼香の番が来た。喪主席から頭を下げたのは、美佐江の弟か甥《おい》か、ずんぐりした体型の初老の男だった。妻はまだ五十代らしく、すっきりと和装の喪服を着こなしていた。あたしも死ぬまでに一度は和服に挑戦するわ。女言葉で決意した隆造だったが、「今度」が嘉子の葬式ならば、喪主だから女装はできない。別の機会があればいいのだが、と隆造は不穏なことを考えた。

隆造の着ている嘉子の喪服は、黒い化繊のワンピースに同素材のボレロ、という正統的なスタイルだった。ワンピースの襟元とボレロの前立てには、黒いベルベットで縁取りがされている。平凡な気がして、隆造は嘉子の持ち物を引っ掻《か》き回して見つけた真珠のブローチを胸元に留めてきた。が、真珠が色褪せて貧相なのが悔しかった。自分が買ってやらなかったせいなのだが、嘉子の服装に対する無関心さがどうにも許せない。ストッキングは、静脈瘤《りゆう》治療用の肉厚なもので、男の厳《いか》つい足を隠せる。嘉子は女にしては大柄だから、小柄な隆造に嘉子の服はどれもぴたりと合うのだった。しかし、靴だけはさすがに小さく、西友で二十五センチの黒いロウヒールを買った。大枚をはたいたのは、紫がかった色味の白髪のカツラだ。隆造の頭髪はほとんどないに等しいから、カツラを被らなくては外に出られないのだ。歳を取るといいことがひとつだけある、と隆造は思う。性徴があやふやになり、どちらにも簡単になれることだ。

隆造が初めて嘉子の服を着たのは、嘉子が寝たきりになってすぐの四年前だった。嘉子のネル製のパジャマを着たところ、案外似合うような気がして鏡の前に立った。ピンク地に蝶々《ちょうちょう》の模様が可愛らしくて、顔映りが良く見える。隆造はすっかり気に入って鏡台に置いてある口紅を付けてみた。嘉子より器量がいいではないか。パジャマの上に明るい黄色のカーディガンを羽織り、隆造は口をすぼめて内股で歩いた。母親や、仲の良かった姉の姿が鏡の中に浮かび上がった。が、鏡の中にいるのは、肉親の女たちよりもっといい女。まさしく、隆造の理想の女だった。

「あんた、何してるのよ」

ベッドで眠っていたはずの嘉子がいつの間にか目を覚まし、隆造の姿を見て唖然《あぜん》としていた。

「いや、お前の服が勿体ないから着てみようかと思って」

「ねえ、それってあたしが二度と治らないってこと。もう洋服着て外に行けないってこと」

「そういう意味じゃないけど、無駄だろう」

「ああ、あたしもとうとう寝たきりなんだ」

話が食い違ったまま、嘉子は大声で泣きだした。あれから徐々に、自分に対する嘉子の物言いが剣呑《けんのん》になった。しかし、その時の隆造が、嘉子が一生ベッドの上で暮らせばいいと思ったのも事実だった。そうすれば、嘉子の服や持ち物は思い通りになる。

僧侶の読経《どきょう》が始まった。隆造は目立たぬように隅に行き、葬儀用バッグから紫水晶に似せたガラス玉の数珠《じゅず》を引きずり出した。節と染みの目立つ掌《てのひら》に女持ちの数珠を絡《から》め、痛切な面持《おもも》ちを作る。旧友を送らんとする、見目麗《みめうるわ》しい老女。その役回りを果たすことに腐心する。不意に、横顔に強い視線を感じた。はっとした隆造は、何気ない素振りで辺りを窺った。入口から、卑しいほど目付きの鋭い中年男が自分を観察していた。黒々とした硬めの髪を律儀な七三に分け、異様に濃い眉に目が迫っている。ばれたか。評判ががた落ちになるのをあれこれ想像して、隆造の背中に寒気が走った。男は隆造の動揺を悟ったのか、目を逸《そ》らさずに隆造の方を睨んだ。薄気味悪いので、隆造は後ろに退《さ》がって客の間に入り込んだ。すると、隆造の背中を指先で突く者がいる。振り向くと、細身の黒のスーツに黒いツバ広帽子、と女優もどきの格好をした背の高い女が、赤い唇を綻《ほころ》ばせて笑っているではないか。強い香水が匂った。隆造が何か言おうとすると、人差し指を唇に当てる芝居がかった仕種をした。スーツの胸元に留めた真珠のブローチが見事だ。隆造は思わず褒めた。

「あら、素敵なブローチ」

返ってきたのは、男の声だった。

「ねえ、父さんでしょう」

驚愕《きょうがく》して顔を眺めたが、見覚えがない。女の格好をした男は、太い声で囁いた。

「康夫よ。わかんないの？　幸子も来てるからお茶でも飲みましょうよ。幸子は星の子学園に関係ないから外で待ってるって」

康夫も幸子も、何年か狐久保家で預かった子供の名前だった。出たり入ったり、短期や長期、二十人近い子供を預かったが、成長してからは全く会わないせいで、健一郎と数人以外は名前と顔が一致しない状態だった。康夫がどんな子供だったのか、そしてなぜ女の格好をしているのか、混乱したものの、隆造は頷いた。

「あいつ刑事よ」

会場を出る時、康夫はこっそり指さした。それは、隆造を睨み付けていた男だった。男は猜疑心《さいぎしん》の塊のような目で、記名帳を検分している。

「どうしてここに刑事がいるの」

隆造は康夫に釣られて女言葉で聞き返した。

「放火らしいの。美佐江先生の遺体だけが黒焦げで不自然なんだって。灯油かガソリンかなんかぶっかけられたそうよ。怖いわ」

「犯人は必ず現場に戻るってことね」

女の格好をして、世にも凶悪な犯罪の渦中にいることに隆造は昂奮《こうふん》していた。先に行く康夫が振り向いて、隆造の全身に感心したように目を瞠《みは》った。

「父さん、凄《すご》いわ。まるで、お婆さん」

メモリアルセンターから少し歩いたところに、「サボテン」という名のしけた喫茶店があった。ドアにカウベルがぶら下げられ、中に入るなり、からんと乾いた音と共につんとカビの臭いがする煤《すす》けた店だ。奥の暗闇《くらやみ》から、小さな木製の椅子に窮屈そうに腰掛けた女が手を振った。年格好がわからないほど太っている。百キロ以上はある巨体を、灰色のジャージが包んでいた。

「やっちゃん、こっちよ」

「わあ、さっちゃん、久しぶり。元気だった?」大袈裟《おおげさ》に手と手を合わせる挨拶を交わした後、康夫は隆造を示した。「さっちゃん、この人誰かわかる?」

わかんないな、と首を傾《かし》げて、幸子は鼻炎アレルギーの洗浄剤のノズルを鼻腔《びこう》に入れた。

「人前でごめんね。あたし、檜《ひのき》アレルギーなのよ。檜ってさ、四月に飛ぶんだって」

康夫は隆造に椅子を勧め、親しげに隆造の両肩に手を置いた。男の分厚い掌が隆造の肩を熱くする。預かった子供たちの中に、女装趣味がある子がいたとは意外だった。同好の士を見つけた気分で、隆造は遥か三十年前に思いを馳《は》せた。康夫も幸子も四十歳前後らしい。ということは、昭和四十年代後半のことだろう。が、何も思い出せない。隆造の遠い目を遮って、康夫が顔を覗き込んだ。

「この人、狐久保隆造さんよ。あたしたちのお父さんだった人」

「信じらんない」幸子はポンプを押しながら、目を見開いた。「だって女じゃん」

「完璧な女装よ。あたしがオカマでなかったら、見抜けなかったわよ」

「ありがとう、嬉しいよ」

隆造は悪い気がしなくて礼を言った。だが、二人が自分を知っているのに、自分はわからないのが居心地悪い。想像の中で康夫の化粧を落とし、幸子の太った顔の肉を剝がし、子供時代の面影を探したがわからない。世話をした子供たちのアルバムを持ってはいるが、持ち家のアパートに引っ越した際、押入れに入れたきりで最近は眺めたこともない。引っ越したのは、養育家庭時代の家が老夫婦二人には広過ぎるからだった。借家は五部屋もあったので、下宿屋よりは、という軽い思い付きで養育家庭を始めたのだった。結婚前に保母をしていた嘉子が、やってみたいと言ったこともあった。嘉子が元気な時は子供たちを常時四人は預かることができた。一人に付き三万近い補助金が出たから、月額十二万程の収入にはなる。主婦の嘉子は大変だったと思うが、かなりの貯金ができたのも事実だ。幸子が、鼻汁をティッシュで拭《ぬぐ》ってから言った。

「じゃ、お父さんは女装趣味があったの。そういう人って里親の資格あるんですか」

幸子の言葉に毒があるので、隆造は不快になった。

「当時はないよ。最近のことなんだ。嘉子が寝たきりになってね。服を捨てる訳にもいかないので、私が着ようと思ってさ。着てみたら楽しいから」

ぷっと吹き出した康夫が大きな手で口許を覆い、帽子を取った。短く刈った頭髪が頭《ず》蓋骨《がいこつ》に張り付いている。眉骨が逞《たくま》しい男の骨格が急に姿を現した。康夫は店主に、バナナジュースふたつ、と勝手に注文し、煙草に火を点けた。

「きっかけなんてどうでもいいじゃない。あたしは女装するお父さんが好き。一緒にいた頃は、いつも家にいなくて、よくわかんなかったじゃない。こういう人だったのね。あたし、すごく好きになったわ。さっちゃんはあたしのことも資格ないって言うの？」

「そんなこと言ってないよ。やっちゃんはオカマとして、立派にやってるじゃない」

幸子が洟《はな》をかみながら言い訳すると、康夫は満足そうに頷いた。

「あんたもデブ専でね」

「悪かったわね。好きでデブ専に行った訳じゃないわよ」幸子は洗浄剤を大きなトートバッグに仕舞い、肉に埋もれた細い目を更に細めた。「何か嫌な言い方。この際だから、父さんにはっきり言うけど、あたしは母さんにはちょっと恨みがあるんだよね。母さんは、あたしたちの教材費とかちょろまかしていたと思うんだ。体操服とか文房具とか、どっかでお古を貰って来て新品の振りして請求してたのよ。あたしなんか人の名前が入ったノート使わせられて泣いたもん。学校前の勉強堂のおばさんから領収書を何枚も貰って、誤魔化《ごまか》していたのよ。食費だって補助が出ていたはずなのに、相当ひどい物食わされたじゃない。薄い味噌汁に漬け物ばっかりで栄養なんかゼロ。あれは絶対に手当を貯金してるって健一郎も言ってた。あたしが太ったのは、あの反動だからね」

「とんでもない言いがかりだ」

隆造は、むかっ腹を立てた。怒ると、いつの間にか男言葉になっている。確かに、子供たちを預かって生活費の足しにしようと言いだしたのは嘉子だった。が、子供を預かる仕事は決して楽ではなかった。それをこんな言い方をされたのでは、嘉子がふて腐れるのもわかるというものだ。現金なもので、隆造は俄《にわか》に嘉子の味方になった。

「健一郎って、威張ってたよね。あいつ嫌な奴だった」康夫が二本目の煙草に火を点け、横目で幸子を見た。「さっちゃん、健一郎にセクハラされたんだよね」

「セクハラっていうか、痴漢行為」幸子は唇を尖らせた。「あいつ、夜になるとあたしの布団に手を入れて、あちこち触ったのよ。でも、あたしは小さかったからあまり来なかった。春ちゃんにもやってたし、アイ子にもやってた。アイ子はしっかり金取ってたよ。健一郎はその金を母さんの財布から盗んでたんだよ。父さん、知らなかったでしょう。それも続かなくなって、ただで触れる春ちゃんのとこにばっか行ってた。春ちゃんは平気でおっぱい触らせるって言ってたもん。春ちゃんの処女を奪ったのは、絶対に健一郎だからね」

春ちゃんというのは、隆造の実の娘、春子のことだ。短大を出てすぐに結婚してしまったが、そんな事実があったのを全く知らなかった。隆造は愕然《がくぜん》とした。

「あの時って、あんたとあたしと健一郎とアイ子。四人も暮らしてたじゃない。男子と女子と部屋を分けて。あたしが三年いて、あんたが四年。健一郎なんか十年近くも父さんのところにいたのに、アイ子だけは一年足らずで星の子に帰っちゃったじゃない。あれ、どうしてなの」

小指を高く上げてストローを摘《つま》んだ康夫が、興味深そうに聞いた。知らない、と幸子は首を振る。隆造はその理由をよく知っていたが黙っていた。幸子と康夫の記憶は定かではないが、松島アイ子のことだけは強烈に覚えていた。

松島アイ子を連れて来たのも、門田美佐江だった。娼婦の置屋に生まれて両親は不明、八歳まで放って置かれた可哀相な子、というのが美佐江の説明だった。だからこそ、お父さんとお母さんがいて子供がいる、普通の家庭生活を経験する必要があるのだと美佐江は熱弁を振るった。

「でも、悪い子じゃないわよ。勉強はあまりできないけど、一生懸命環境に慣れようとしているし、何よりいいのは孤独であることが人生において普通だ、という達観した態度があることよ」

隆造は、子供が達観していること自体が気持ち悪いと思ったものだが、実際にアイ子に会って納得した。アイ子は小学校四年生だったが、子供の姿をした大人だった。おかめのような細い下がり目で、がりがりに痩せた色黒の女児。目はいつも忙《せわ》しなくあちこちを観察し、どう振る舞えば得するかを常に窺っていた。おやつは必ず他の子供との量を比較し、あられせんべいの数まで勘定する子供。隆造と嘉子に対し、アイ子が最初にした質問は狐久保家の財産状況についてだった。

「お父さん、アパート持ってるって聞いたけど、この家もそうなの。車はあるの？　国産それとも外車？　別荘とかはないよね。じゃ、財産全部で幾らくらいあるの？　お母さんは宝石持ってる？　アイ子と一緒に暮らしてたお姐《ねえ》さんは、それ全部くれる人と結婚したんだよ。海の側に別荘があって、アイ子も今度連れて行ってくれるって約束してたけど、実際に行った人に聞いたら全部嘘だったって。結婚も嘘なら、財産も嘘。馬鹿だよね」

娼婦の館《やかた》で育ったアイ子には、金がすべてだった。金さえあれば、幼児でも生きていけると学んだのだろう。隆造はアイ子に空怖ろしいものを感じたが、春子が嘉子に甘える様を、妬《ねた》ましそうに横目で睨んでいる姿を見て哀れに思い、ついつい甘くなった。同い年の春子と同じ服やお菓子を買い与えたこともある。だが、嘉子が、アイ子には盗癖《とうへき》がある、と告げ口したのを潮《しお》に、アイ子には冷たくなり、監視の目を怠らないことにしたのだった。隆造の変化を悟ったアイ子は、時折、子供とは思えない媚《こ》びを売った。隆造が帰宅すると、「お帰りなさーい」と科《しな》を作って玄関に出迎えたり、風呂上がりにパンツ一枚で隆造のいる居間をうろうろしたりした。育った娼館《しょうかん》で身に付けた振る舞いだということはすぐにわかったが、嘉子の口紅を勝手に付けて現れた時はさすがに驚いて叱《しか》りつけた。「子供がそんな真似をしちゃいけない」。アイ子は一瞬きょとんとしたが、すぐに口紅を落とすでもなく、ノートに唇を押し付けて破り取り、「手紙」と称して持って来たのにはもっと驚いた。懲《こ》りない子供だ、侮《あなど》れない、と隆造はアイ子を毛嫌いするようになった。

ある夜、気配を感じて目を覚ました隆造は、我が目を疑った。障子がそろそろと開く。開けているのは、懐中電灯を握った小さな手だった。アイ子が夫婦の寝室に入って来たのだ。嘉子は昼間の疲れで寝入っている。隆造は、アイ子の足元を見て、仰天した。家の中だというのに、白いパンプスを履いているではないか。怒鳴りつけようとしたが、いったい何をするつもりなのか見届けてやろうと息を潜めた。アイ子は手馴《てな》れた仕種で簞笥の引出しを開け、取り出した書類を眺めている。見終わると書類を仕舞い、別の引出しから紙幣を数枚抜いて出て行った。隆造は起き上がって、アイ子の後をこっそり尾っけた。アイ子は夜中の廊下を大きな靴でパコパコ歩き、台所に向かった。冷蔵庫を開けて、手摑《てづか》みでハムや冷飯《ひやめし》を盗み食いした。ドブネズミ。隆造は呆《あき》れ、アイ子に激しい嫌悪感を抱いた。やがてアイ子は、ガス台の横に置いてあるマッチに気付き、マッチを擦《す》った。ぼうっと燃える小さな火に照らされたアイ子の横顔は、狡《ずる》い女の顔だ。アイ子がコーラの瓶を持って部屋に帰ったのを確認し、隆造は寝室に戻ってアイ子が眺めていた書類を確かめた。驚いたことに、アパートの権利証や僅《わず》かな株券などだった。仕舞い場所を知っているのだから、アイ子は何度も寝室に侵入しているのだろう。翌朝、隆造は美佐江に電話し、再び施設に引き取って貰うことにした。理由は、実子の春子とうまくいかない、とした。盗癖と盗み見のことを告げなかったのは、アイ子の将来を思ってではない。家から排除しさえすれば、アイ子の将来などどうでもいいと思ったのだった。

それは、アイ子に対する隆造の悪意だった。

「アイ子って怖かった。あいつ、見かけは人が好《よ》さそうに見えるじゃない。先生の物真似とかやらせるとうまいし。でも、何か、人望なかったよね。その理由《わけ》、あたし知ってるよ。アイ子って、盗むんだもの。鉛筆のキャップとか、シールとか香水消しゴム。でも、年上だから文句言えなかった。言うと、寝ている間に髪の毛に糊《のり》を付けたり、すごい復讐《ふくしゅう》するんだよ。嫌な奴だった」

幸子が肉の付いた頬を歪め、金色に染めた髪を撫でた。

「アイ子は今、どこで何をしてるんだろうね」

隆造の言葉に、幸子が首を竦《すく》めた。

「娼婦らしいよ。誰が買うんだろうね、あんな女」

「実は、あたし、数年前にアイ子を見たのよ」康夫が得意げに言った。「東京じゃなくて大阪のホテル。あたし、お客さんとUSJに行って一泊したのよね。その時、お掃除のカートを引っ張ったメイドと廊下で擦れ違ったんだけど、その女があたしのことをちらっと見たのね。目が合ったあたしも、こいつどっかで見たぞと思って苛々《いらいら》してさ。でかくて不気味なのよ。フロントでお金払う時に思い出した。あ、あれは、アイ子だって。中学の時に、急に成長しちゃったのかしら。化け物よね」

「お化けは神出鬼没」

　幸子が太った手で、臭気を払うような仕種をした。

　隆造は家に帰るや否や、六畳間に直行した。途端、嘉子の罵声《ばせい》が飛んだ。

「あんた、葬式帰りだろ。塩撒《ま》いたのかい」

「忘れたよ」

　老眼鏡を掛けて読書をしていた嘉子の目玉が大きく見えて気持ち悪い。隆造はカツラを外しながら、押入れの襖を勢いよく開けた。やれ、あたしの喪服の裾に泥撥《どろは》ねが上がっているだの、レインコートを皺くちゃにしただの、嘉子の尽きることのない文句が聞こえたが、隆造はそれどころではなかった。押入れの上段から客用の布団を全部下ろし、更に奥に頭を突っ込んでアルバムを探した。嘉子が金切り声を上げた。

「何してんのよ。探し物するんなら、あたしの服を脱いでからにしてくれ。どうせ、もう着られないと思ってんだろうけど、あたしの物なんだからね」

「あった」

アルバムはすべて段ボール箱に納められていた。十冊近くあるうち、昭和四十年代と表に書かれたアルバムを開く。松島アイ子の顔をもう一度見たかった。

「ねえったら、あんた何してるのよ」

じれったそうに嘉子が叫んだ。

「おい、松島アイ子っていただろう。あの盗癖のある子だ」

「いたいた」即座に思い出したところを見ると、嘉子の印象も強烈なのだろう。「あの子はあたしが注意するとさ、にやにやして薄気味悪いったらないんだよ。いなくなってほっとした。それがどうかしたの」

「いや、気になってさ」

隆造はあちこちのページをめくって呆然《ぼうぜん》とした。アイ子が写っているはずの写真が幾枚も剝がされている。昔のアルバムは、このアパートに引っ越してから、手つかずで放っておいたはずだ。

「写真がない。お前が剝がしたのか」

「まさか。あたしはご覧の通りじゃないか」

隆造は、成長したアイ子が再び懐中電灯を手にしてこの部屋に忍び込み、押入れを探って自分の写真を剝がしている様を想像した。ぶるっと寒気がする。嘉子が「どういうことよ」と知りたがったが、何をどう説明していいのかわからず、着ていたワンピースの裾で何度も掌の汗を拭っていた。

3 人生のありったけの記憶

「あたくしは、大田区の田園調布ってところで育ったんですよ。そこは、渋沢栄一という実業家が大正の頃に造った住宅街で有名なの。ご存じ？　そうね、あなたが知ってるわけがないわよね。そこはね、街が蜘蛛《くも》の巣みたいな形に広がっておりましてね。とても美しいんですの。田園調布の中でも、坂のてっぺんの、一番大きなお屋敷があたくしの生まれた家でした。今のあたくしからは想像もできないでしょうけど、あたくしのお母様は、日本で一番大きな銀行の頭取の娘だったんですよ。自慢に聞こえるから、あまり言いたくないんだけど、お嫁に来る時は、ロールスロイスが十台も二十台も繋がって、まるで皇族の結婚式みたいだったと聞いております。田園調布のおうちも、お母様の実家が用意したんですって。あたくしの父がどんな仕事をしていたかと申しますとね。何と小説家だったんでございますよ。それもブライハ。英語じゃないわよ、お馬鹿さんね。あなた、小説なんてお読みにならないでしょう。そういうお顔してますもの。でも、父はとても才能がありましてね。父の書いたエッセイや小説は教科書にも採用されたんですよ。教科書ですよ、あなた。そんな家庭にあたくしが生まれたんですの。それはそれは幸せでございました。でもねえ、幸せというものは長く続きません。あたくしが小学校六年の時、父が腸チフスで亡くなってしまいましてね。それが不幸の始まりでしたわ。お母様は親戚や兄弟たちに騙《だま》されて、財産をすべて奪われてしまったそうですの。お金や土地ばかりではございません。父が書いた作品も、義理の兄弟に取られたんですよ。みんな、自分に権利があるから、と言って持って行ってしまったのだそうです。お母様はお嬢さん育ちですから、人を信じやすい質《たち》なのね。その性格があたくしに受け継がれているのでしたら、問題ですわ。やはり、ある程度は、育ちが悪くなければ、この世で逞しく生きていくことはできないのです。ね、そうでしょう」

アイ子はカウンターに肘《ひじ》を突き、厨房を覗き込んで喋っていた。だが、李《イ》さんは、聞いているんだかいないんだか、無表情に牛刀で牛の内臓を切り分けている。獣の血が染み付いた大きなまな板は、どす黒く変色していた。李さんが包丁を置き、こきこきと音をさせて太い猪首《いくび》を回した。そして、溜息ひとつ。爪の中まで血に染まった指で、棚の上に置いたセブンスターの箱から煙草を一本摘み出した。李さんの指に挟まれた煙草に、赤い血がこびり付くのを横目で眺めながら、アイ子は生欠伸《なまあくび》を噛み殺した。李さんは黙って、脂や血で汚れた厨房の壁を睨《にら》み、一服している。

李さんは五十代半ば。ずんぐりした体を薄汚れた白衣に包み、肉厚の顔に埋もれた細い目はいつも濁っていて、何を考えているのか、アイ子にはさっぱりわからない。いや、わかろうとも思わない。

「ちょっと、李さん。聞いてんの?」

「聞いでるよ」

李さんはアイ子の方を見ずに答えた。李さんは、錦華苑のオーナーの遠縁だそうだ。一年前に日本に来たので、日本語がうまくない。アイ子の話などほとんど理解していないのだろう。だが、そんなことはどうでも良かった。乗りまくっているアイ子はありったけの記憶を動員して続けた。

「あたくしの生い立ちは、あまり人には喋らないようにしてますの。だって、どなたも信じてはくれませんでしょう。あたくしが金持ちのお母様と作家の父の間に出来た娘で、有名な作家が家に始終、遊びに来ていただなんて。その作家の名前を申し上げたところで、今の若い方はどなたもご存じないでしょうしね。ですからね、あたくしが死んだら、真実というものは、虚《むな》しく消え去ってしまうんですよ。それは悲しいけれども、仕方のないことですわね」

アイ子は言葉を切って、一生懸命思い出そうとした。作家の名前を幾人か聞いたけど、全部忘れてしまった。暗記できるほど繰り返し聞いた、猿渡睦子《さるわたりむつこ》の十八番《おはこ》だというのに。睦子は他にどんなことを言ってたっけ。七十二歳。惚《ぼ》けるほどの歳でもなかったが、食べてしまったローソンのお握りを探して部屋中歩き回る、どケチな婆さん。その癖、昔話だけは延々と途切れることがない、不思議な脳味噌を持った猿渡睦子。それも、子供の頃のことばかり。アイ子は、睦子が喋り散らす間じゅう、足を揉《も》まされていたのだった。睦子の両脚は変形し、かさついて白い粉が吹いていた。それが気持ち悪くて手を休めると、睦子はすぐさま叱り付けるのだった。

「あなた、しっかり揉んでちょうだいな。力を入れなきゃ、お金は払わないことよ。あなた、お金欲しいんでしょう。欲しいのなら、それ相応にやってくれなきゃ」

猿渡睦子は、四十近いアイ子を、まるで二十歳の小娘のように思っていたらしい。睦子は、二年前、アイ子がメイドをしていた千代田区のパークライト・ホテルに住んでいた客だ。たまさか、大きなホテルには、部屋を借り切って住み着いている客がいる。パークライト・ホテルには、そういう客が大勢いた。

睦子は、田園調布の元令嬢と称していたが、古株ドアボーイの脇坂の話によると、神田神保町《かんだじんぼうちょう》で煙草屋をやっていた、頭のいかれた婆さんということだった。バブルの頃、立ち退き料をしこたま貰い、独り身をいいことにホテルに居着いて十三年。口を開けば、ホラ話しかしない。そのうち、ホラにも磨きがかかり、話がだんだんと大袈裟になってきたのだそうだ。その睦子が乗り移ったかのように、李さんと相対する時のアイ子は睦子になりきっている。そして睦子のホラ話が、今こうしてアイ子の口を衝《つ》いて出て止まらないのはどうしてだろう。アイ子は睦子の気取った口調を真似た。

「あたくしの小さい頃のことですよ。こんなことがあったのね。庭に植木屋が来てましてね。その男、何て名前だったかしら。まあ、いいわ。その男があたくしに近付いて来て、お嬢ちゃま、これご覧なさい、庭のお池にこんなものがいたんですよって、掌に何か載せたんですのよ。それが何だとお思いになる？　小さなアマガエルなの。あたくし、びっくりしましてね。きゃーっと叫んで縁側から落っこちそうになりましたのよ。婆やとお母様が駆け付けて来て、たーいへん」

あの時の猿渡睦子は、童女のように両手を挙げ、きゃーっと叫んでのけぞってみせたっけ。皺くちゃの猿みたいな顔を歪め、いやいやと顔を振る演技。白髪がほどけて、怖いったらなかった。アイ子は薄笑いを浮かべた。気色悪い婆さんは、死んだ方が幸せ。だから、殺してやった。本当は金を盗んで逃げれば良かったんだけど、それだけでは済まないものを睦子自身が持っていたのだから仕方がない。殺さなければ、どんどんエスカレートするあの口を、あの狂った頭を、止めることはできなかった。あたしのせいじゃない。

アイ子は、睦子が入浴する時間を見計らい、合い鍵で部屋に入ったのだった。案の定、バスルームから湯音がしていた。靴が濡れたら怪しまれるだろうと思い、アイ子は素早くメイドの制服である白い靴と靴下を脱いだ。バスルームのドアをそっと開くと、睦子はシャワーキャップを被ってバスタブの中で下着を洗濯していた。気配に気付いた睦子は顔を上げ、うっと呻《うめ》いた。

「こんばんはー」

睦子は、アイ子の素足に目を留めた。

「あなた、いつの間にここに入って来たの。失礼じゃないこと」

「失礼じゃないこと」

アイ子の口真似に驚いて、睦子の目が険しい三角形になる。小さな目をすぼませて気取ったり、尖らせて怒ったり、細くして笑ったり。忙しい目ん玉。アイ子はバスタブの横に、仁王立ちになった。睦子は、バスタブを湯垢《ゆあか》で汚すので有名だった。湯垢はなかなか落ちないので、取り除くのに苦労する。それは睦子が中で下着を洗っていたからだ、と今わかった。それと、シャワーキャップの無駄遣い。無料だからといって、毎日取り替えるのは贅沢ってもんじゃないか。アイ子は急に怒りに燃え、浴槽の縁に片足を掛けた。睦子の声が怯《おび》えで震えた。

「あなた、どうして裸足なの。何なのよ」

「おばあちゃんの背中を流してあげようと思ってさ」

「赤頭巾《ずきん》ちゃんじゃあるまいし、出てってちょうだいな。あたくしの部屋ですよ。あなた、気味が悪いわ。あたくし、嫌だわ。ねえ、人を呼びますよ」

「あなた、気味が悪いわ。あたくし、嫌だわ」

アイ子が繰り返すと、睦子はひっと悲鳴を上げた。緩《ゆる》んだ体を覆うこともせず、裸で立ち上がって壁掛け式の電話を取ろうとする。アイ子は飛びかかって、シャワーキャップを被った睦子の小さな頭蓋を、両手で力一杯押さえ込んだ。反動で睦子は足を滑らせ、平たいバスタブに仰向けになった。驚いた顔のまま、ぶくぶくぶくぶく、口からも鼻からも泡が出る。両足がバスタブの端からもがき出た。静脈瘤《りゅう》の出来た醜い足。さんざん揉まされた短い足。睦子は必死にバスタブを掴もうとした。でも、できない。力の弱い老人だから。アイ子は睦子のたるんだ腹を片足で踏んだ。やがて、睦子はあっけなく、自身の体と下着を洗った湯を飲んで死んだ。洗剤で白く濁った湯の中で、睦子は開いた口から、しばらく泡を出していた。

アイ子はバスルームから出て、クローゼットの中にある金庫に向かった。暗証番号を押し、いとも簡単に開ける。暗証番号を知るのは、何の苦労もなかった。年金手帳のメモ欄に幾つか数字が書いてあったのだ。

金庫の中には、『人間失格』という題の古ぼけた本が一冊と、残高が五十万に満たない預金通帳、そして封筒に現金が二十八万入っていただけだった。この婆さんは、これだけしか金を持っていなかったのだろうか。アイ子は部屋中を探しまくったが、保険証券も株券も宝石も何もない。日頃、お金だけ残したって仕方がないから、死んだらどこかに寄付でもしようかしら、なんて嘯《うそぶ》いてたのは誰だっけ。

アイ子は落胆して、現金を二十万、ポケットに入れた。全部なくなったら怪しまれる。全部盗らないこと。これはホテルでの盗みの鉄則だった。欲を出すと足が付く。帰りしな、やはり本も貰っていこうと思い立ち、こっそり制服の中に隠した。何食わぬ顔で廊下に出、従業員用の階段から急ぎ逃げる。メイドとして悪事を働くのは容易過ぎてつまらないほどだった。

翌日は遅番だった。従業員用の入口から入ると、早番で上がりの脇坂が、帰り支度をしていたにも拘《かか》わらず、わざわざ寄って来てアイ子の耳に囁《ささや》いた。

「知ってる？　八一三号の猿渡さん、ゆうべ死んだんだよ。風呂で足を滑らせたらしいんだってさ。やっぱり、十三って縁起悪かったね」

睦子の死体は、泊まり客の目に触れぬよう、急いで始末されたらしい。警察沙汰になっていなかったことに安心して、アイ子は翌日、古本屋に本を売りに行った。驚いたことに、本は二十五万という高値で売れた。何でそんなに高いの、と聞いたら、ダザイオサムの初版本だから、と言う。つまり、猿渡睦子の父親というのは、ダザイオサムのことなんだろうか。だとしたら、睦子は隠し子だったのか、それともホラか。「あたくしが死んだら、真実というものは、虚しく消え去ってしまうんですよ」。アイ子は睦子の言葉を思い出し、ふふっと笑った。アイ子が断ち切る命は、皆、永遠の謎を抱えてこの世からいなくなるのだ。真実なんて消えてしまえばいい。

男が二人、店のドアを開けた。李さんが舌打ちして、厨房の床に煙草を捨てた。

「あんだら、まだだよ。店は五時から」

アイ子は慌てて台布巾《ふきん》を手にした。カウンターを拭きつつ、さりげなさを装って男たちを観察する。目付きが険し過ぎて卑しさを感じさせる男が二人。一人は灰色のスーツを着て、真っ黒な髪を七三に分けている。髪が多いため、分け目が盛り上がっている。ハゲのオーナーに分けてやりたいくらいだ。もう一人は白いブルゾンを着ていた。肩からヘンテコな紐《ひも》が付いていて、袖口を吊り上げるお洒落な形だが、真っ白なスニーカーが体育教師みたいでださい。

やばいぞ、やばいぞ、とアイ子の第六感が告げている。男たちは挨拶代わりに手を挙げただけで、李さんの文句も気にせず、「すみませんねえ」と言って奥に入って来た。二人同時に胸ポケットから黒い手帳を開いて見せ、すぐに仕舞った。

「警察です。私は熊本、こっちは宮崎」

警察と聞いて、李さんが表情のない顔を一瞬だけ曇らせた。

「これ県名じゃないですから、名前ですから」

二人で顔を見合わせ、漫才コンビよろしく笑う。そんな県があることも知らない李さんは、にこりともしない。アイ子は、薄汚れた台布巾をのろくさと畳んだ。

「ちょっと伺いますけどね。昨夜、中央八丁目のアパートで火事があったの、知らないかなあ」

白いブルゾンの方が、心安く話しかけた。李さんとアイ子の顔を交互に見比べて観察している。その手には乗らない。アイ子は、どう、というように李さんを窺《うかが》った。李さんは腕組みして目を瞑《つむ》っている。知らない人からは、考えているように見えるだろう。だが、李さんの頭の中は空っぽだ。時間が経つ。諦《あきら》めた二人がアイ子の方に振り向いたので、アイ子はゆっくりかぶりを振った。

「あ、そう。知らない。新聞に出てるけど、読まないのね、きっと」白いブルゾンは小馬鹿にした口調で言う。「実は、焼け死んだ人たちって夫婦なんだけどね。その顔写真見てほしいんですよ。あ、現場のじゃないから大丈夫。というのは、この裏に『山ちゃん』ってスナックあるでしょう。そこのママが通報してきて、この夫婦がゆうべ、カラオケしに来たって言うの。その時、焼肉の臭いがぷんぷんしてたって言うから、ここに寄ったんじゃないかなと思って」

「見せで」

突然、李さんが乾いた血がこびりついた手を差し出した。ぎょっとした灰色スーツが、しっかりと端を摑んだままで、一枚の写真を李さんとアイ子に示した。星の子学園の美佐江先生と泣き虫の稔が並んで写っている。稔の腕に美佐江先生が縋《すが》り付いて笑っている写真。運命も知らないで、いい気味。美佐江先生はお節介で、説教好きで、いつも化粧品臭かった。稔はのろまな山羊さん。そう、めーめー先生。お似合いだ。李さんが無愛想に答える。

「覚えでないね」

李さんは、厨房に籠もって注文の皿を揃えているだけなのだから、客の顔など見るはずがない。アイ子も首を捻《ひね》った。

「あたくしもはっきりとは、わかりません。何せ、ずっと満席でしたからね」

その物言いに、二人が同時にアイ子を見た。灰色スーツが揶揄《やゆ》した。

「品がいいんだね」

「さぞや、商売繁盛してるんでしょうね」白いブルゾンが壁に張ってあるメニューを眺めた。「旨《うま》そうだな」

灰色スーツは厳《いか》めしい顔を崩さず、くだけた言い方をした。

「来たとしたらね、七時から十時くらいの間なの。アパートの近くで、二人揃って出かけるところを近所の人に目撃されてるから。服装は、奥さんがいろんな色の入った派手なニットのスーツ。ご主人はジーンズにパーカーっていうのかね、若い人が着るような灰色のトレーナー風のやつ。夫婦だと思うから、わかんないんだよ。実はこの二人、年の差があってね。母親と息子みたいに見えるんだって」

あまりとぼけるのもおかしいかもしれない。アイ子はそろそろ情報を提供することにした。

「あ、だったら、そこに座っていた人たちかもしれませんわ。一時間もいたかしら」

刑事たちの目が輝いた。一人が手帳に何か書き付けている。

「その時、何か店の中で変わったこととかありませんでしたか。二人が誰かと出会ったとか。というのは、奥さんの方がね、『山ちゃん』で始終、後ろのドアを気にして見ていたって言うんだよね。まるで誰かと約束しているみたいだったって」

アイ子は黙って考える真似をする。李さんも同じ仕種をした。反応の鈍い二人に苛立《いらだ》った様子で、灰色スーツが聞く。

「他のお客さんは覚えてますかね」

「常連さんて、うちはほとんどいませんもの」

睦子の言い方を真似て気取って言うと、李さんが一緒に頷いた。

「じゃ、昨夜の伝票とか残ってますか」

「十一時に店を閉める時に、経営者の人が持って帰りました。うちはいつもそうしてますのよ」

刑事たちは、経営者の連絡先を聞いて、急いで出て行った。李さんが、戸棚から大きな肉切り包丁を摑んだ。今度は骨付きカルビだ。何事もなく、夜が始まろうとしていた。

その日の夜中、店の二階の住居で、アイ子は逃げる支度をした。長居は無用のトンズラ主義。大きなナイロンバッグに、まず身の回りの品を突っ込んだ。歯ブラシ、化粧水、下着、洋服、安いアクセサリー。李さんは、深夜テレビを見ながら焼酎を飲んでいるうちに、いつの間にか寝入ってしまった。鼾《いびき》をかく合間に、韓国語で寝言を呟《つぶや》いている。このまま、熟睡してしまうだろう。アイ子は、四畳半がふたつしかない部屋を見回した。李さんから奪う物は、何もなさそうだった。給料は地下銀行からすぐに送金してしまうから、現金は煙草代くらいしか持っていないし、金目の物は皆無に等しい。李さんの価値は、宿と仕事を提供してくれたことだ。

アイ子は、新宿南口の映画館から出て来た李さんに「煙草の火を貸して」と声をかけ、部屋まで付いて来たのだ。路上でセブンスターをくわえた李さんが、どこへ行こうかと思案するように目を泳がせ、どこも行き場がないという風に寂しげに目を伏せたからだった。これまで何度も、一人暮らしの初老の男に助けて貰った。寂しい男は、住み込みの職場から職場へ渡る時の繋ぎとして実に便利な存在だった。アイ子は予定通り、李さんの部屋に住み着き、錦華苑で一緒に働くことに成功した。体を提供するのは、至極当然のことである。

突然、まだバッグに入れていない箱の中の靴がアイ子に話しかけてきた。

「アイ子ちゃん、出かけるのね。どこに行くの」

ママの靴が久しぶりに話しかけてくれたので、アイ子は嬉しくなった。大人になってから、ママの靴はあまり喋らなくなった。アイ子ちゃんが忙しそうだから、という理由で。

「まだ決めてないの、ママ。だって、けーさつが来たんだもの」

「あら、大変だ。じゃ、急がなくちゃ」

「うん。でも、ママも一緒よ。あたしたち、ずっとずっと一緒だからね」

「当たり前じゃない、アイ子ちゃん」

「サウナちゃん」

李さんの寝言が聞こえた。振り向くと、目を瞑ったまま、うひひ、と笑っている。あれの夢でも見ているのだろう。アイ子は薄く笑った。李さんは、アイ子を「サウナ」と呼ぶ。「長島サリナ」という名だと何度も教えたのに、呼びにくいのかいつもサウナだ。名前を幾つ持って、どの時に変えたのか、自分でも覚えられなくなっている。

アイ子は洗濯機の蓋《ふた》を開け、まだ洗っていない下着を選《よ》り分けた。置いていくのは勿体無い。そのままビニール袋に突っ込んで持っていくしかないだろう。洗濯機の中に、李さんの白衣が丸めて入れられていた。アイ子は舌打ちした。作業着を一緒に入れるな、とあれだけ言ったのに李さんは何で守れないのだ。牛脂の臭いが下着にくっ付いてしまうじゃないか。ふと、牛を連想させる李さんの体と臭いが蘇《よみがえ》り、アイ子は李さんを振り返った。李さんは精力絶倫だった。目が覚めたら、アイ子にむしゃぶりついて、万年床に押し倒そうとするに決まっている。

職場での李さんは、口も動作も重いのに、セックスの時だけは驚くほど俊敏だ。しかも、調理人らしく手際が良い。あっという間に、アイ子の着ていたTシャツをくるりと脱がせ、ジーンズをすぽんと足から抜いてしまう。体中を撫で回し、「もっと小さい方がいい」と文句を言う癖に、愛撫《あいぶ》はしつこく、自分のセックスに自信を持っている。アイ子は顔を顰《しか》めた。数日前の会話を思い出したからだ。李さんは、アイ子を後ろから突きながら、ずっと叫んでいたのだ。

「ずっどいで」

「だって、あんた、大邱《テグ》に家族がいるんでしょう」

都合の悪いことには、李さんは決して答えない。日本語がわからない振りをする時もある。ふん、狡《ずる》い奴。殺してやろうか、とまだ思わないのは、李さんに利用価値があるからだった。どこにも行くところがなくなった時、戻って来る場所があるのは便利だ。美佐江たちのことがばれたら、あるいは李さんが自分をしつこく追おうとしたら、殺《や》るしかないが。それにしても、しつこい李さんとセックスするのは、何か損をしている気がする。

アイ子はセックスが好きだ。これまでいろいろな男とセックスしてきたが、誰とやっても良かった。でも、セックスは自分の持っている、限りある通貨なのだ。これで払える時は払って生き抜いてきたが、若い男には払えなくなってきた。李さんだけに、その通貨を払うのは癪《しゃく》ではないか。そろそろ、別の通貨を得なくてはならないが、それは何だろう。アイ子は考えているうちに面倒臭くなってきた。考えるのは一番の苦手だ。相手に合わせて、適当な自分をあちこちの引出しから取り出して生きる、これがアイ子の生きる極意だ。李さんに合わせていたのは、言うまでもなく、猿渡睦子だった。出発は明日の朝にすることにして、アイ子は布団を敷いて寝た。

翌朝、物音で目を覚ますと、李さんがアイ子の荷物をひとつひとつ点検していた。アイ子は怒鳴った。

「あたしの荷物に触らないでよ」

「サウナ、出でくのか」

「ちょっと旅行してくるだけですよ」

「じゃ、何でこれも持ってくの」

李さんは、古びた箱を高く掲げた。ママの靴が入っている大事な箱。

「やめて。それ、ママのよ」

ママだ。睦子が言っていたように「お母様」ではなく、稔の「母ちゃん」でもない。李さんが時々呟く「オモニ」でもない。あたしの母親は「ママ」。甘い響きの「ママ」。日向《ひなた》のスイートピーみたいに、可愛らしくて綺麗で、キッチンとエプロンが似合う「ママ」。アイ子は起き上がって、李さんが抱えている靴の箱を奪った。反動で蓋が開き、中から白い靴が古畳の上にこぼれ落ちた。四十年も昔の、汚れた白い靴。李さんは途端にしょんぼりした。

「触らないでよね。ママのなんだから」

「サウナのオモニは、それを履いでだのか」

そうよ、そうよ、とアイ子は何度も頷いた。アイ子が四、五歳の頃、「母さん」がそう言ったのだ。

「この汚い靴は、あんたの母親が置いてったんだよ。どうする。要《い》るかい。要らないなら捨てるよ」

「要る」

アイ子は、その夜から靴の入った箱を枕元に置いて寝た。枕元と言っても、押入れの中に住んでいたから、頭の上はすぐベニヤ板の壁だったが。「母さん」がそれを見て笑ったところを見ると、本当は違うのかもしれない。「母さん」は信用できない。でも、アイ子の持ち物は何ひとつなかったのだから、古靴と箱だけでも、たいした財産を貰ったような気がしたものだ。

アイ子のいた家は本当に変なところだった。昔風の大きな旅館で、一階は広い食堂と風呂場、そして六畳の居間と八畳の座敷がふたつ。普段、お姐さんたちは奥の座敷でごろごろと雑誌を読んだり、ラジオを聞いたりして遊んでいる。アイ子は「母さん」と居間で暮らしていた。お客さんが来ると、お姐さんたちは急いでめかしこんで玄関に近い座敷に居並ぶのだ。そしてお客さんに気に入られたお姐さんだけが、二階に上がって行ける。二階は三畳程度の小さな部屋が八つもあって、土曜の夜なんかは満室になる。景気のいい時は、お酒や煙草を持って来て、という声がしょっちゅう二階からかかった。「母さん」はアイ子にお使いに行かせ、品物を二階に運ばせる。その時は、中を覗ける から嬉しかった。たいていお客さんが布団に寝転がっていて、ネグリジェや下着だけのお姐さんが受け取りに現れた。でも、ごくたまに、逆のこともある。そういう時は期待で胸がどきどきした。お客さんが駄賃をくれることがあるからだ。お客が出て来た後は必ず、すぐには立ち去らずにこっそりドアに耳を付けて立ち聞きした。客がお姐さんに尋ねている。

「今、お酒運んで来た子は誰」

「ああ、アイ子ね。誰かが産み捨てていったのよ」

「可哀相に。幼稚園にも行かせないのかい」

「幼稚園なんて、あたしも行ってないよ。ここにいられるだけでも、幸せってもんじゃないの」

そう答えるのは、お客さんに人気絶頂のエミさんだった。エミさんは仲間とも口を利かず、いつもつんと澄ましていたから、皆に嫌われ、陰口を叩かれていた。「エミはさ、狡い猫みたいな顔をしている癖に、小柄で色白だろ。だから、もてるんだよ。畜生《なま》」と言ったのは、アイ子に意地悪をするカヨコさんだった。カヨコさんは、田舎の訛り丸出しで、ひねていた。アイ子が食べているおかずを横取りしたり、週に一度のお風呂に入ろうとすると、わざと栓を抜いたりした。カヨコさんはアイ子のことを客に聞かれ、話を作っていたっけ。「あの子は拾われっ子よ。だからみんなで小遣いを出し合って育てているの」。あわよくば、客の寄付を自分が貰う、という訳さ。

アイ子はエミさんの方が断然カッコいいと思っていた。客に人気があるのも、皆に迎《げい》合《ごう》しないのも、すべてカッコいい。エミさんは金のロケットを首に下げていて、何かある度にそれを手で握り締めるのだった。お姐さんの一人がからかった。「客に貰ったのかい」。エミさんは「ううん、ママのよ。ママの形見」と答えた。アイ子はエミさんの真似をしたくて堪《たま》らなかった。だから、あたしのママの形見は靴。

「オヤジに何で言う。急に辞めるんだろ」

突然、李さんの声が聞こえた。李さんは、狭い台所に突っ立ち、鍋をお玉で掻き回していた。牛骨で取ったダシの匂いがする。ソルロンタンだ。我に返ったアイ子は、肩を竦《すく》めた。

「李さんが適当に言っておいて。でも、それいただいてから行きます」

李さんは何も言わなかった。アイ子は大きく伸びをした。

4 肉と脂と女と男と汗

四月にしては蒸し暑い日だった。アイ子は重い荷物を抱え、汗だくで横須賀《よこすか》どぶ板通りを歩いていた。大きなナイロン製ショルダーバッグには服と下着と母親の靴が入った箱、さくらやの千円セールで買った黒いカートには、化粧品と一人用炊飯器。ウエストポーチに全財産。汗と埃《ほこり》にまみれたアイ子は、怒りに駆られて人混みを眺めた。なかなか目的地に行き着けない。さっきから通りを彷徨《さまよ》っているのは、目印にしていた店が変わってしまったせいだった。

二年前、レバニラ炒めをよく食べた中華料理屋があった場所は、プリントショップとやらに変身していた。小綺麗なウィンドウにはオリジナルプリントのTシャツが何枚も飾られ、まだ十代と思《おぼ》しき短パン姿の米兵が二人、熱心に眺めている。その隣はカウンターだけの細長いバーがあったはずだが、横文字の洒落た美容院になり、金髪に染めた若い女が店の前でビラを配っていた。その女がアイ子の顔をじろりと眺めたきり、ビラを渡さないのはどうしてだろう。こいつにも火を点けてやろうか。アイ子は一瞬滾《たぎ》らせた悪意を何とか抑え込み、重いショルダーバッグを道端に下ろした。

「おばさん、商品」

世にも稚拙な絵葉書の露店を出していた若い男が、険悪な表情で顎をしゃくった。アイ子のバッグが、売り物の葉書の上に載っかっている。アイ子は顔を背《そむ》けたままバッグを持ち上げ、路面に敷かれた黒い布をサンダルの先で蹴《け》った。並べ置かれた絵葉書が路上に舞い、男が怒声を張り上げたが、アイ子は気付かぬ素振りで歩きだした。男が追い駆けて来たら、さっきのプリントショップに駆け込んで、ヘルプヘルプと叫ぶつもりだった。騒ぎを起こせば何とかなる。それにしても、たった二年で街がこんなに変わるとは。アメリカの古着を売る店、サーフショップ、若者向けの店ばかりだ。

やっと馴染《なじ》みのある時計屋を見付けた時は、そこでディズニーの目覚まし時計を万引きしたこともすっかり忘れて、アイ子はほっとした。時計屋の先の道を左に曲がり、神社を過ぎて一本目の路地を右に。すると、長屋風の木造家屋が数軒並んでいる場所がある。どぶ板通りの繁栄から取り残された老人たちの住まいだ。中でも、とりわけ煤《すす》けた小さな平屋が、牛久栄美子《うしくえみこ》の家だった。

アイ子はいつもの癖で裏に回り、雑草だらけの庭先から家を観察した。野菜でも作ろうとしているのか、庭の一部が掘り返されて黒い土が見えていた。陽に灼《や》けたカーテンは閉め切ってあるが、縁側のガラス戸越しに赤い布団が干してある。布団の麻の葉模様に記憶があった。

「こんちわ。ごめんくださーい」

アイ子は声をかけた後、急いで玄関の磨《す》りガラスの引き戸に耳を付けた。狙った相手は逃がさない。家の中で、慌てた風に人が走り回る気配がした。だが、いっかな返事がない。ははあ、居留守を使ってやがるな。アイ子は叫んだ。

「栄美子さん、アイ子ですよー。こんちわー、お久しぶりー」

ガラス戸をこつこつと叩いてみたが、誰も現れない。じゃあ、赤い布団を干しているのは、いったい誰だ。庭を掘り返しているのは？

「栄美子さーん、いるんでしょう。布団干しているの見ましたよ。栄美子さーん、あんたの好きなお土産《みやげ》を持って来ましたよ」

アイ子はショルダーバッグの底から、ビニール袋を取り出した。それは氷のように冷たくて硬い。店の冷凍庫から盗んだ牛肉の塊だ。五キロはある。他にマッカリを一本。荷物が重かったのは栄美子への手土産なのだから、どうあっても押し入ってやらなきゃ気が済まない。アイ子は猫撫で声で言った。

「アイ子です。可愛い可愛いアイ子です。どうしたの、栄美子さん。大好きなお酒を持って来てあげたのに要らないんですか。マッカリですよ。あんたは知らないでしょうけど、美味しい韓国のお酒ですよー。あんたの飲む焼酎なんかよりずっと高いんですよ」

それでも反応はなかった。名前を告げたのが逆効果だったかもしれない。アイ子は、二年前に金を貰って出て行った経緯をやっと思い出した。大喧嘩《おおげんか》の末、「出てけ」「ああ、出てくよ」の応酬。アイ子は腹立たしくなって、乱暴に戸を叩いたり、揺すったりした。

「栄美子さん、死んじゃったんですかー。だったら、お線香上げさせてくださいよ。迷わず成仏するために」

いきなり戸が開いて男が顔を出した。眼前に男の大顔が現れたため、アイ子は驚いて後退《あとずさ》った。男は四十代半ばか、後半。小太りで頭髪は一本もなく、頭も顔もてらてらと脂光りしている。しばらく風呂に入っていないのか、男の全身からむっと体臭がした。アイ子は咄嗟《とっさ》に鼻を摘んだ。男はアイ子に鼻を摘まれても一向に気にせず、眼鏡の奥の目を忙《せわ》しなくまばたきしている。無精髭《ひげ》を生やし、丸い団子鼻に黒縁の眼鏡を載せている様は、宴会用に売っているふざけたお面みたいだ。が、男の視線は落ち着かず、定まらない。

「あれえ、栄美子さんは引っ越したんですか」アイ子は「牛久」と書かれた薄汚れた表札を見上げ、声を潜めた。「それとも死んじゃったとか」

男はアイ子と目を合わそうとしないで、甲高《かんだか》い声で答えた。

「いや、そんなことないです。元気にしとります」

「じゃ、栄美子さんはお出かけ？」

男は気弱そうに頷いて、小鼻に手をやった。鼻毛が飛び出ている。アイ子は近所を眺め回した。隣は同様な古い住宅。向かいは空き地。繁華街のすぐ裏の、捨て置かれたような場所には人影がない。栄美子はどこに出かけたのだろう。生きてるのが奇蹟《きせき》としか思えない、アル中の婆さんだったのに。酒でも買いに行ったのかしら。

「あのう、あたしは昔からの知り合いですけど、あんたは誰ですか。栄美子さん、結婚したんですか」

結婚相手にしては若過ぎると思いながらも、アイ子は尋ねた。

「いや、僕はトモダチです」

男は外を窺《うかが》い、早口に答えた。どんぐり眼《まなこ》に怯《おび》えが表れている。アイ子はその隙に家の中を覗いた。たったふた間しかない平屋は薄暗く、饐《す》えた嫌な臭いがして、乱雑に散らかっていた。床に白い細長い紙が沢山落ちているのが見えた。

「栄美子さんには、あたし以外、トモダチなんか一人もいないはずよ。あんた、本当は何なんですか」

アイ子は男を押しのけた。泥だらけの三和土《たたき》には、栄美子の物らしいつっかけや形の潰れた靴がある。男は困惑した表情で両手をだらりと下げ、何事か考えている様子だ。男は裸足だった。しかも、その足も爪も黒く汚れている。アイ子は強い口調で言った。

「あんた、誰よ。答えなさいよ」

「だから、僕は栄美子さんのトモダチです」

「一緒に住んでるの？」

「いや、間借りさせて貰っていて」

「じゃ、お金払ってる？」

「中に別の家を建てて住んでるから、お金はいいって栄美子さんが言いました」

意味がわからない。アイ子は昨日来た刑事の口調を思い出して言った。

「よくわかんないなあ。あんた、名前は」

「アダムです」

「アダムだって。バッカじゃないの」

アイ子の哄笑《こうしょう》に、男は目を泳がせた。自信が消散したらしく、次第に大きな頭が項《うな》垂《だ》れていく。アイ子は居丈高に言葉を投げ付けた。

「あんた、栄美子さんとはどこで知り合ったのよ」

「ヴェルニー公園です。栄美子さんが話しかけてくれて」

「何だ、それ。あんたホームレスかい」

アイ子は目で素早く栄美子の姿を探しながら、サンダルを脱ぎ捨てて上がり込んだ。アダムはまだ三和土に裸足で突っ立ったままだ。アイ子の図々しさに気圧《けお》され、呆然としている。

「栄美子さんはいるの、いないの。どっちなのさ」

「だから、その、栄美子さんは出かけていて、まだ帰って来ていないので、僕は留守番と言うよりも隣人の仕事として、ここにいるんですけど。栄美子さんはもうじき帰ると言っても、帰らないので、僕もずっと留守番していて」

アダムの説明はしどろもどろだった。アイ子は苛《いら》立《だ》った。

「あんた、何言ってるんだかさっぱりわかんない」

アイ子は六畳の居間に入って立ち竦《すく》んだ。畳が散乱した割り箸や爪楊枝《つまようじ》に覆われて、足の踏み場もない。それも使用済み。箸の先端がささくれたり、黄や茶に変色している。割り箸の袋が無造作に投げ捨てられていた。それが玄関から見えた白い紙の正体だった。アイ子は足裏が汚れるのが嫌で、部屋の真ん中で立ち往生した。

「これ、何。気持ち悪い」

「僕の家です」

アダムは自慢げに背後を指さした。アイ子は、思わず叫び声を上げた。奥の四畳半に、奇妙な物体がある。幅は二メートル近く、天井までの高さがある小屋のような代物《しろもの》。だが、よく見ると、傾斜の付いた屋根があり、窓まで穿《うが》たれている。材料は何万本とありそうな割り箸だった。壁面は、爪楊枝で装飾されていた。針のような爪楊枝が渦巻き模様を作り、小屋を棘《とげ》状に覆っている。アダムはこの建造物を制作中だったと見え、部屋が接着剤臭かった。

「何なの、これは」

「大阪城に決まってるじゃないですか。僕の住まいです」

男は小馬鹿にしたように言った。アイ子は大阪城を見たことがなかったが、似ても似つかないと思った。むしろ、悪夢に出てくる謎の建物みたいで、どこか現実離れした薄気味悪さに満ちていた。アイ子が言葉を失うと、急にアダムは胸を張った。

「全部、僕が作ったんですよ」

「でも、使用済みの箸じゃないの」

「そうです。コンビニとかで拾うんです。廃物利用です」

「きったねえ」アイ子は吐き捨てた。

アダムは傷付いた表情をして城に駆け寄った。爪楊枝で出来た渦巻き模様を撫でさすり、観音開きの窓を何度も開閉してみせた。

「窓もこうして開くんですよ。僕は中に住んでるんです」

「それよっか、これじゃ栄美子さんの居場所がなくなっちゃったじゃない。あの人、どこにいるのよ」

栄美子が寝室にしていた四畳半のほとんどを割り箸の城が占めている感がある。アイ子は家具を点検した。簞笥や鏡台は残っているが、台所は使った形跡がない。鏡台の上に薄く埃が積もっているのに気付いたアイ子は振り返った。アダムはあたかもアイ子の叱責《しっせき》に堪《た》えているかのように、目を逸らせた。

「さあて、栄美子さんはどこに行ったんだろうね。引っ越しちまったのかな、家財道具を残して。変な話だね」

売ったら幾らになるだろう。アイ子は古ぼけた簞笥や鏡台を値踏みする。

「だから、出かけたって言ったじゃないですか」

アダムは泣き顔をした。アイ子はアダムを苛《いじ》めるのが面白くなってきた。

「どこに。大体、栄美子さんがなんであんたみたいなおっさんに留守番頼むのよ。あの人は、ああ見えたって二枚目が好きなのよ。あの人のダンナって、アメリカ人だったんだから。あんたは大嫌いなタイプだよ。拾った割り箸であんなもんを作って、栄美子さんを追い出したんじゃないの」

「違います。栄美子さんは、僕の家を綺麗だと褒めてくれて、この敷地で建てなさいと応援してくれたんですよ。その代わり、僕も太陽神会に入ることになって」

「何だ、あんたも勧誘されたんだ。今に、金取られるよ」

アイ子は割り箸の城を振り返った。細い割り箸の異様な集積は、あたかも宇宙から奇妙な物体が飛来したかに見えて、薄暗い四畳半を摩訶《まか》不思議な空間に変えている。アイ子は目がくらくらした。

「じゃ、僕も言いますけど。あなたが栄美子さんのトモダチって本当ですか。栄美子さんは、僕以外トモダチなんか一人もいないって言ってましたよ。あなたの話なんてしたことがありません。僕は外に出られないあの人にお酒を買ったりして尽くしてあげたんですよ」

アダムが反撃してきたので、アイ子はしんみりと言ってやった。演技はお手の物だ。

「トモダチって言ったのは、ちょっと違うわ。あの人はあたしの母親のようなもんよ。あたしは本当の母親を知らなくてね。あの人が育ててくれたの。ああ見えても優しい人でね、あたしを可哀相に思ったんでしょう。いつも何か買ってくれたりしたわ。この家だって、いつ来てもいいよって言ってくれてね。鍵まで渡そうとしたから、それはさすがに要らないって言ったけど」

真っ赤な嘘だった。栄美子は、エミさん。娼婦の館の人気ナンバーワン。小柄ながら、色白で可愛かったエミさん。誰よりも気が強くて、朋輩《ほうばい》の嫉妬など物ともせず、客の人気抜群だったエミさんだ。アイ子はエミさんをカッコいいと憧れの目で見ていたのに、エミさんはアイ子に優しくしてくれたことなんか一度もなかった。顔を見れば、「ああ、辛気臭《しんきくさ》いガキだね。あっち行きな」と怒鳴るし、「母さん」の言い付けで雑巾《ぞうきん》がけをしている時に、わざと尻を蹴飛《けと》ばしたりもした。一度なんか、風呂場にエミさんのロケットが置いてあったのでそっと触ったら、突然風呂場の戸が開いてエミさんが怖い顔で「ママの形見に汚い手で触るんじゃないよ。この宿無しが」と怒鳴った。あれはきっと、アイ子がロケットを欲しがっているのを知って、わざと置いておいたに違いない。あの館では、この世の中では信じられないような意地悪や仕返しが横行していたのだ。その経験が、アイ子をここまで立派な悪党にしたのだ。

エミさんは、「母さん」が事故で死ぬ寸前、結婚によって娼婦稼業から足を洗えた、館でも最初で最後の例だった。エミさんが結婚した相手は、横須賀の米軍基地に勤務するアメリカ人。どこで知り合ったのかは誰も知らない。だけど、結婚が決まってからのエミさんの英語混じりの自慢は凄かった。ナイトシフトだのハウスメイドだの、知らない言葉をわんさか使い、大ボラを吹きまくったのだ。ダーリンの実家は、テキサス州ででかい牧場を経営している金持ちだから、自家用飛行機で移動するのよ。今度、鳩《はと》の卵みたいなダイヤモンドを買って貰う約束したの。ハワイに別荘を買うからファーストクラスで下見に行くって。挙げ句の果てに、逗子《ずし》の浜辺に海を見下ろす大邸宅を建てたから来てよ、と言い捨てて館を出て行ったので、どんなお屋敷かとこっそり見に行ったお姐さんたちが呆《あき》れて帰って来たっけ。

「笑っちまうよ。エミの家はどぶ板の裏通りの裏の裏の路地でさ。今時、珍しい長屋の端っこなんだよ。何が海を見下ろす大邸宅だ、何が水着で暮らせる、だ。どこに運転手やお手伝いがいるんだっつうの。あいつ、そこでつまんなそうな顔して庭のペンペン草を引っこ抜いてるんだよ。あたしたちの顔見て大慌て。ここはベースの近くだから、ダーリンのために仮住まいしてるの、とか、すぐばれる嘘吐《つ》いちゃって。あたしたち逆に哀れになって、少しお金でも置いていこうかって言ったくらい」

「長屋なのに庭があるのかい」

それでも悔しそうに聞いたのは、エミさんと仲の悪かったカヨコさんだった。カヨコさんの実家は、物凄い貧乏暮らしで、一家六人が三畳間に暮らしていたこともある、というのは有名な話だった。

「庭ったってね。猫の額ほどで、物干し竿《ざお》の幅しかないよ。それも陽当たりが悪くて、なめくじしか通らないような庭さ」

なめくじかあ、それはいいじゃん、と一同は笑い転げたのだった。しかし、どんな貧乏暮らしだって娼婦よっかマシかも、と誰かが言い、皆がしんとするのをアイ子はじっと観察していた。アイ子は決してそうは思わなかった。子供心に、娼婦だろうと奥さんだろうと、自分が金持ちじゃなきゃ嫌だし、誰かにこき使われるのはまっぴらだった。そして、エミさんのように暮らしぶりを確かめられてしまうなんて絶対に許せなかった。

間もなく、エミさんの夫はベトナムで死んだ。それも名誉の戦死ではなく、サイゴンの娼婦を巡るいざこざで、ベトナム人に刺された傷が原因の死だったと聞いた。エミさんは元の商売に戻ったが、アイ子のいる館には帰って来なかった。そのまま、横須賀の小さな家で客を取り、北斗七星を拝む太陽神会という新興宗教に入れ込んだのだ。やがて「母さん」が死に、館は解散してアイ子は星の子学園に引き取られた。

アイ子は二度ほど、エミさんの家に転がり込んだから、エミさんの変貌ぶりはよく知っている。昔のエミさんは気が強く、同僚たちのいたぶりややっかみにも超然としていたものだが、夫が死んでからは、頑固な運命論者になっていた。即《すなわ》ち、この世の習いはすべて運命の北斗七星の下《もと》に決められているのだから、努力などしたって無駄だ、と。その論によってエミさんが無気力なアル中になるには、それほど時間を要さなかった。

中学卒業と同時に星の子学園を出たアイ子は、厚木《あつぎ》にある靴下工場に住み込みで勤めた。美佐江の紹介だった。だが、たった一年で工場を辞め、横須賀の栄美子の家を訪ねて行ったのは、井上さくらを焼き殺したのが契機だった。別に、警察は怖いと思わなかった。なぜなら、さくらと交際のない自分が疑われるはずはないのだ。ただ、初めて人を殺してみたら、何とはなしに、地道な生き方が嫌になった。だって、人殺しはすっとする反面、後戻りできない道に嵌《はま》り込んだ気がして、ちょっと怖いから。だからこそ、もっと輝かしい人生、楽しい人生を求めよう、とそんな考えになった。

「エミさん、こんちわ。子供の時に一緒だったアイ子です」

アイ子の顔を、エミさんは全く覚えていなかった。

「そんなヤツいたっけ」エミさんは焼酎をらっぱ飲みしながら、首を傾げた。「で、何の用だよ」

アイ子はエミさんに取引を持ちかけた。処女で十七歳の自分が客を取るから、エミさんは部屋を貸して「母さん」になってくれ、と。エミさんは喜んで承知し、アイ子はそこで米兵ばかりを相手に四年間商売した。

エミさんは、部屋を貸しているんだから、と五割要求したが、アイ子は三割に値切り、結局四割で妥協。アイ子の商売はまあまあで、毎日客が押し寄せるという状態にはほど遠く、泥酔した米兵を引っかけては連れ込む、という手口だった。これにはエミさんも呆れたらしく、こう言った。

「あんたの取り柄《とえ》は若さだけなんだから、早めに足を洗わないとカヨコみたいになるよ」

つまりは干上がる、ということだ。アイ子は懸命に頑張ったが、襖《ふすま》一枚隔てて、エミさんがテレビを見て大笑いしているような環境では熱が入らないし、客も嫌がる。それに、アイ子には、娼婦の才能がなかった。愛想笑いをすれば気持ち悪いと言われ、サービスすればビジネスライクと言われ、一度など、スパンキング好きの男を逆に殴り倒したこともあって、金を取られる始末。どうにもこうにも、娼婦には向かないのだった。

アイ子がエミさんの元を去るきっかけになったのは、エミさんにヤクザの情夫が出来て、そのヤクザがエミさん以上に酒好きで、エミさん以上に強欲だったからだけじゃない。ある夜、アイ子が靴と会話しているのをエミさんに聞かれ、怒鳴られたからだ。

「あんた、誰と話しているのかと思ったら、そんな古靴をまだ持っていたのかい。ええい、気持ち悪い。早く出て行きな」

こっちだって、ヤクザに上前をはねられるのが癪《しやく》だし、エミさんにそこまで言われて我慢することはない。アイ子はエミさんの家を出ることにしたのだ。去り際、アイ子はエミさんのロケットをかっぱらうのを忘れなかったが、子供の頃、素晴らしく高価に見えたロケットは、金メッキの安物だったし、中に入っていたのは舟木一夫の写真だったので、馬鹿らしくて捨ててしまった。

二度目は、東京でホテルメイドをしていた時、数々の盗みがばれそうになって逃げ込んだ。ヤクザの男が肝硬変で命を落としたことはすでに確認済みだったから、気楽に訪問できた。行く当てのない時、アル中が進行しているエミさんのヤサは汚いけど、最高に便利だった。その時の滞在は半年。エミさんの世話をする振りをして年金を奪い、次の仕事を見付けるまで売春をして繋いだのだ。

夕方、アイ子はゴキブリの糞《ふん》だらけの部屋を掃除し、安い鉄板とエバラの「焼肉塩だれ」を買いに商店街に出た。焼肉屋で働いていたのに、ロースやカルビなんてちっとも口にできなかった。今日はその腹いせだ。思う存分食べてやる、とアイ子は調理台の上の解凍した肉の塊を見ながら、上機嫌でアダムに声をかけた。

「あんたにも特上ロースを食べさせてやるよ」

アダムは奥の四畳半に籠もったままだ。馬鹿げた城の制作を続けているのだろう。

「ロースって何ですか」

面倒臭いので答えなかったら、アダムが台所にやって来た。アイ子は肉を示した。

「これよ。あんた、食べたことないの。牛肉の一番美味しいところだよ。これを焼いて、タレを付けて食べるんだよ」

アダムは肉塊を見て、薄気味悪そうな顔で後退った。アイ子はむっとした。

「食べたくないならいいんだよ。あたしが一人で食べるから」

アダムが接着剤だらけの指で、肉塊にそっと触った。最初は遠慮がちに触れていたが、そのうち感触を楽しむように肉塊を手でぐっと掴んだ。アダムは自分の掌に付着した牛の血を眺めている。アイ子は誇らしげに言った。

「肉だよ、肉。特上ロース五キロ、いいだろ。買ったら七万くらいするんだ」

「昂奮します」

「何に。七万もするから?」

「肉っていう言葉に、ですかね」

アダムが恥ずかしそうに言ったせいで、アイ子は攻撃的なむず痒《がゆ》さを感じた。アダムは徹底した受け身だから、とことん苛め抜きたくなる瞬間がある。エミさんとは友達だった、とアダムは言うが、エミさんも意地悪な婆さんだから、きっと側に置いて苛めて楽しんでいたに違いない、とアイ子は思った。不意に、アイ子は昔のことを思い出した。ここで商売していた頃、横須賀基地にいるアメリカ兵たちがやって来て、まだ若いアイ子を抱いた。あの時、アメリカ兵の体が巨大な肉のように感じられたものだ。大柄な自分より、さらに大きくて厚ぼったい肉塊。心地良い肉の布団。いい気持ちにしてくれる肉の剣。あまりにもセックスが良くて、娼婦をしていて良かった、と思ったことも何度かはある。アイ子は急に、このボロ家でエミさんと一緒に暮らしていたことに懐かしさを覚え、部屋を見回した。アダムは再び肉に触っている。

「肉って、このくらいでかいといいだろ」

アイ子はアダムをからかった。アダムは、何度も激しく頷いた。アイ子は、伏し目がちになったアダムの睫《まつげ》がほとんどないに等しいことに気付いた。

「睫どうしたの。全然ないじゃん」

「ああ、この毛のことですか。睫って言うんでしたっけ」アダムは話が変わったのでほっとしたように顔を上げた。「制作が行き詰まると抜く癖があるんです。あの人はその度に心配してくれて。だけど、もうそれは」

アイ子は、俄《にわか》に凶暴な気分になった。

「ちょっと、あんた服脱いでよ」

えっ、とアダムは慌てた様子でたじろいだが、アイ子は、アダムの着ている作業着を乱暴に脱がした。下には薄汚れたランニングと縞《しま》のパンツを穿《は》いている。

「それも全部脱いで」

「何するんですか」

アダムは不安そうな声を出した。アイ子は構わず、アダムの下着を剝がした。肉厚の体が現れた。胸毛が渦巻き、臍《へそ》を取り巻き、下腹部まで伸び、股間を通って背中まで伸びている。獣みたいだ。アイ子は可笑《おか》しくなって、アダムの禿頭《とくとう》の上に肉塊を載せた。

「ほら、似合う。あんたは獣だから」

アダムは肉から流れる血をたらたらと眉間に垂らしながら笑った。見る見るうちに、ずんぐりと埋もれていたペニスが勃起《ぼっき》した。

「あらまあ、結構でかいじゃないの」

アイ子は喜んで手を叩いた。頭に載せた牛肉を落とさないように、両手でバランスを取りながら、アダムが小さな声で言った。

「アイ子さん、あんたも脱いでくださいよ」

いいよ、とアイ子は裸になった。アダムが肉塊を抱えて、むしゃぶりついてきた。畳に仰向けに倒されたアイ子は、笑いながら脚を開く。アダムが性急に挿入してきたが、二人のみぞおちとみぞおちの間には、五キロの牛肉の塊が挟まっている。二人が動く度に、肉塊が潰れ、捩《よじ》れ、牛脂と血が洩《も》れて腹がべとついた。次第に、汗と牛脂でぬるぬると肉が滑って、滑り落ちそうになる。牛肉の臭いが李さんとの性交を思い起こさせ、アイ子は李さんとアダムの二人に犯されているような気がした。何度もやってくるエクスタシー。特上ロースセックスはアメリカ兵とやってるみたい。李さんとやってるみたい。気持ちいい。アイ子は息を切らしながら、アダムに尋ねた。

「あんた、エミさんともやったの」

「信者同士は禁じられています」

アダムは一瞬悲しそうな顔をした。

水風呂で体を洗い、アイ子は調理台の上で潰れた特上ロースの肉塊を端から分厚く切った。風呂から上がったアダムが驚いた顔で覗き込んだ。

「これ、食べるんですか」

「当たり前じゃない。焼くんだから平気だよ」

そうかなあ、という風にアダムは首を傾げている。使い古しの割り箸を拾って来て、変てこな城を作ってる癖に生意気言うんじゃないよ。風呂にも入ってない奴とセックスしてやったのに。

だが、いざ焼肉が始まるとアダムは一キロ以上の特上ロースを一気に食らった。

「うまいです」

マッカリもたらふく飲み、顔が真っ赤になっている。牛脂の大量補給のせいか、頭も顔もいっそう脂ぎった。眼鏡のレンズが手垢《てあか》で曇っているのを見据え、アイ子は心にもないことを言った。

「栄美子さんに食べさせたかったね」

栄美子の名前が出た途端にアダムは暗い顔をし、視線を宙に浮かせた。

「はあ、そうですね」

「アダムさん、あんたの名前は自分で考えたの」

「栄美子さんが付けてくれました。アメリカ人のご主人の名前だそうです」

「じゃ、あんたの本名は何て言うの」

「杉寿三郎です。昔、国鉄で働いていましたけど、病気になって二十年近くも入院していました。やっと治って家に戻ったら、もう誰もいなくて。というか、家そのものがなくなっていて切なかったです。仕方がないから、ヴェルニー公園の端っこに、拾った割り箸で家を作ってたら、栄美子さんが声をかけてくれたんです。そこじゃすぐに取り壊されちまうだろう、あたしの家の中に建ててもいいよって。栄美子さんはこう言ってました。宗教は、あんたの心を救うよって」

アイ子は目をすぼめて聞いた。

「で、あんたは栄美子さんをどうしたのよ。あんたが殺しちゃったんじゃないの。でなかったら、この家をこんなに自由に使えっこないじゃん」

アダムは箸を休め、大きな溜息を吐いた。

「どうしたってさっきから聞いてるでしょう」

アイ子ははっきりものを言わないアダムに、怒りを爆発させた。

「その、いなくなったんです。夜中に出て行って帰って来ません。スピカ先生がどうした、とか言ってました」

「スピカ先生って何よ」

「太陽神会の先生です」

「つまり、死んだんだね」

アダムは眼鏡を外し、睫のない目を擦《こす》った。

「すみません。僕、眠くて堪《たま》りません。ちょっと横になっていいですか」

「まだだよ」アイ子の言葉に、アダムはびくっと身を震わせた。「栄美子さんが死んだのはいつなの。死体はどこにあるのよ。庭に埋めたの？」

図星だったらしい。アダムは激しく動揺して、庭の方を見た。この部屋の汚れ具合からいって、栄美子の死はひと月以上も前だろう。アイ子が考え込んでいる間、アダムは睡魔に勝てないのか、卓袱台《ちゃぶだい》に額をぶつけんばかりに微睡《まどろ》みだした。

「アダム、寝ていいよ」

アダムは立ち上がり、よろよろと奥の四畳半に入って行った。アイ子はゆっくりその後を追った。アダムは割り箸城の扉を開け、中に倒れ込んだ。覗き込むと、狭い床の上で体を丸め、目を瞑っている。マッカリに入れた睡眠薬が効いた。昔、立ちんぼで売春をした頃、さんざん使った手だった。アイ子は躊躇《ためら》わず、後ろ手に隠していた日本手拭いでアダムの首を絞め上げた。栄美子と同様、アダムの死体も庭に埋めてやれば、この家は自由に使える。だけど、こいつは目障りだ。アイ子はうんざりしながら、割り箸で出来た城を眺めた。栄美子の家の中は汚していても、城の内部は清潔でよく片付いている。栄美子の家が自分の物でもないのに、そのことが、アダムの身勝手を表している気がして、アイ子はアダムの死体を睨《にら》み付けた。舌を出して死んでいるのが、自分を小馬鹿にしているようで癪に障る。セックスは悪くなかったけどね。アイ子は、つい先程の自分たちの狂乱を思い出し、アダムを真似て舌を出した。

アダムの頭上に、きちんと畳まれた新聞とチラシの山があった。求人情報が目に飛び込んでくる。「ネオシティ横浜　清掃係募集」。これだ。アイ子はチラシを拾い上げ、アダムのことも忘れて見入った。薔薇《ばら》の造花を飾った派手な帽子を被った中年女が、挑戦するように微笑んでいる。装いは華やかでも、目の下に消えない膨《ふく》らみが、女を食えない中年男のように見せている。「ネオシティホテル・グループ社長　又勝志都子《またかつしづこ》」とある。よーし、次はここに行くぞ。アイ子は闘志を燃やし、女社長の顔を脳裏に刻み付けた。忍び込んで盗み、メチャクチャにしてやる。アイ子はチラシをジーパンのポケットに入れ、城を蹴飛ばした。あっけなく壁は崩落し、アダムのまだ温かい死体を夥《おびただ》しい割り箸が覆った。

5 経営巫女のブルース

「また勝つ音頭《おんど》、行くぞ」

オーッと、呼応する男たちの野太い声が、地響きのように大会議室を揺るがせた。全員がテーブルを蹴倒さん勢いで立ち上がり、又勝志都子と営業本部長の山瀬を注視している。黒いスーツ、蝶タイの上から黄色い法被《はっぴ》を羽織った山瀬が、白い軍手の手でマイクを握った。山瀬はひとわたり会議室を睨《にら》み付けてから、胴間声《どうまごえ》で怒鳴った。

「また勝つ、また勝つ、また勝つぞー。

ネーオーホテルはまった勝つぞー。オー。

常勝、常勝、常勝じゃー。

二部上場も果ったしったぞー。オー」

大会議室に集《つど》った四十人近い男たちが、同じく白い軍手を嵌《は》めた両手を、顔の横で左右に振りながら、オーと唱和する。それぞれの鉢巻きには、錦糸町《きんしちょう》、大塚、野尻湖、立川《たちかわ》、御徒町《おかちまち》、品川など、各ホテルの場所が大書してあった。中央に陣取っているのは、驚異の稼働率七十五パーセント以上を達成した好成績グループ。壁際や後ろは、成績の悪いグループで顔色は冴えないものの、半ば自棄《やけ》気味で声を張り上げている。

「また勝つ、また勝つ、また勝つぞー。

ネーオーホテルはまった勝つぞー。オー。

常勝、常勝、常勝じゃー！

プランス、オークニ、ぶっ飛ばせー。オー」

山瀬は即興で競合ホテルの名を入れ、自慢げに笑った。支配人たちも嬉しそうな表情で、園児のお遊戯よろしく体を左右に振り、両手をひらひらと動かしている。志都子は、ユキトリキのオーダーメイドスーツ、それもラインストーンをちりばめたブルーデニムのミニに、エナメルの白いブーツという派手な格好で突っ立っていた。音頭が始まったので、自分もリズムに合わせて頭を振り、真っ赤に塗った唇を綻ばせた。カジュアルな服装には、カジュアルなアクセサリーというスタイリストの教え通り、ダイヤケースのフランク・ミュラーの上から、全部で四十カラットは下らないダイヤのテニスブレスレットを着けているので、左腕が重くて仕方がない。

今日は、毎月開かれるネオシティホテル・グループの支配人会議だ。ネオシティホテル・グループは、関東・甲信越に三十二のホテルを持っている。二百床前後の中規模ホテルで、客室、サービスはビジネスホテルに毛が生えた程度のシティホテル、と言ったところだが、来月、新横浜駅前にオープンするホテルはこれまでとはちょっと違っていた。既存の一流ホテルに殴り込みをかける初めての超高級ホテルなのだ。いつもの志都子ならば、平均稼働率六十五パーセント達成と新横浜駅前新ホテルオープンを祝して、真っ先に音頭を取るのだが、心配事のために元気が出なかった。

「社長、激励のお言葉の時間です」

山瀬がマイクを突き付けた。恒例のご託宣の時間だ。やむを得ず、志都子はマイクを受け取った。支配人たちが神妙な面持ちで、志都子の予言を聞こうと静まる。志都子は自分を熱心に見つめる中年男の黒服集団を薄気味悪いと思った。こんな感情は初めてだった。

「今日のご託宣は」

一同、緊張した様子で今か今かと待っている。この時、志都子が告げるホテル名が、次回の売り上げナンバーワンになる、と言われているのだ。ほんの口から出まかせ気分で言うだけなのだが、余程、支配人が張り切るのか、不思議なほど的中してきた。まるで、国体開催地の県が必ず優勝するように。しかし、志都子は言葉を切って言い淀《よど》んだ。

何か悪い予感がするのだった。邪悪な者がやって来る気配がしてならない。それは、どこだ。横浜。まさか、と志都子は唇を嚙んだ。出っ歯気味の前歯に口紅が付こうが、どうでも良かった。

「社長、どこですかー」と山瀬が促す。

「横浜です」

思わず、不吉な予感のする場所名を口にしてしまった。これからオープンするホテルの場所だけに、支配人たちはわーっとどよめいた。やっぱり、という目で顔を見合わせている。横浜の総支配人に抜擢《ばってき》された平出川が満足げに胸を張るのを、横目で認めた。平出川が、他の支配人たちにVサインを高く掲げ、「頑張れよー」という声援を受けている。志都子のご託宣が出たからには、成功間違いなし、なのだった。

「では、全員に激励を」

また、一同が静まった。

「みんなー、いつもありがとね。みんなが頑張ってくれるお蔭《かげ》で、とうとう年商百億に達しました。そして、平均稼働率も六十五パーセントを超えるという快挙を成し遂げました。念願の新横浜にも『ネオシティ横浜』を開業できる運びになったし、感無量です。この業界に入って十五年、あたしは突っ走ってきました。あたしは、あたしは、歩くネオンサインとか言われて頑張ってきました。だけど、こうやって綺麗なお洋服を着て、豪華な宝石を着けて澄ましているみたいに見えても、楽しい訳じゃないんですよ。本当は違うんですよ。本当は」

涙がこぼれた。志都子の頰を伝う涙を見た支配人連中が驚いて俯《うつむ》き、中には貰い泣きする者さえいた。

「本当は違うの。本当は、あたしは弱い女なのよ」

あら、あたしは何を言ってるのだろう。志都子は自分でびっくりしてきょとんとした。

心配そうに顔を覗き込んでいる山瀬と目が合った。山瀬はぎょろ目を細めて、注意信号を発している。志都子は慌てて涙を拭ったが、右手の中指に嵌めたハリー・ウィンストンの七カラットダイヤの指輪の立て爪が瞼《まぶた》の薄い皮に引っ掛かった。

「痛っ」

悲痛な声がマイクを通して会場に響き渡った。志都子はどうしたらいいかわからなくなり、両手で顔を覆った。何事かと、会場が息を呑《の》んだ。

「社長、頑張れー」

山瀬が横から気合いを入れた。

「お母さん、頑張って」

誰かが叫んだ。

会場中のあちこちからも、「社っ長」「社っ長」と励ますような声がかかり、それはやがて手拍子になった。志都子は気を取り直して顔を上げ、微笑んだ。若い時の苦労と悲哀の爪痕《つめあと》が、志都子の顔を五十三歳という実年齢よりも五、六歳は老けて見せている。ファウンデーションを厚く塗っても隠せない目の下の弛《たる》み、シミと雀斑《そばかす》が散ったこけた頰、深い皺が刻まれた額、口紅の乗りを悪く見せる縦にひび割れた唇。だが、やや上がり気味の小さな目だけは青く澄んで、そこだけがゴミの山に落ちた宝石のように美しい。志都子のこの目を見ると、場末のホテルを渡り歩いてきた百戦錬磨の支配人もほろりとして、志都子のために何とかしようという気になるらしい。

「ごめんね、みんな」志都子が口を開くと、支配人たちはほっと破顔した。会場が急に温かく緩んだ。「何か変。あたし何だか、とっても昂奮してるのね。いつもと同じゼネマネ会議だっていうのにね。どうしたんでしょう。横浜にオープンするせいかしら。ともかく、言いたいことはひとつです。あたしはいっつもみんなに感謝してます。目標稼働率七十五を目指して頑張りましょう。みんなで幸せになりましょう。みんなを誇りに思ってます。愛してるよー、みんな」

又勝志都子を一躍有名にした最後の決め台詞《ぜりふ》を言った途端、オーッと中年男たちが一斉に声を発し、拳《こぶし》を振り上げた。すぐに割れるような拍手が続いた。会議は大成功だった。

「社長、大いに意気が揚がったはずだ。今日のスピーチは最高でしたよ。甲府が涙ぐんでね、社長のために死んでもいい、と泣きじゃくってました。吹上なんか業績悪いんで腹切って詫びる、とか言ってます」

「あ、そう」

志都子は気のない返事をし、エルメスの黄色いバーキンからマールボロの箱を取り出した。山瀬が急いで火を点けてくれた。

「社長の今日のスピーチのタメは凄かったですね。特に、私は弱い女なのよってところ。男の保護本能をぐさり、抉《えぐ》ってましたな。天性の経営巫女《みこ》と同時に、慈母のごとく、ですね。皆、経営巫女に仕えるために夜昼なしに働いてるんですから」

「経営巫女」というのは、ある業界紙が支配人会議の熱気を見て仰天し、志都子に与えた尊称である。それ以降、ネオシティホテル・グループの支配人会議は神が降臨していると言われ、テレビ取材や雑誌取材が相次いだ。経営巫女である志都子の存在が、ホテルの名を上げ、業績を画期的に伸ばしている。

「ありがとう」

志都子は礼を言い、時間を確かめた。釣られて覗き込んだ山瀬が褒めた。

「今日の時計は綺麗ですねえ。いやー、ピンクのクロコダイル革に、ダイヤですか。いったい幾らくらいですか。さぞかし、高いんでしょうね」

「二百三十五万プラス消費税かな」

社長にぴったりですね、と山瀬は文字通り歯の浮くような世辞を言ったが、志都子は信用していない。自分が常日頃身に着けている品物が、如何《いか》に似合わないかは自分がよく知っていた。田舎臭い顔をして、体格も貧相な自分に纏《まと》われたシャネルやエルメスの服たちは、泣いているに違いない。志都子も、好きで超高級品を買っているのではなかった。ゴージャスな品物に取り囲まれる女社長を売り物にしているため、買わなければならないのである。しかも、高級ブランド品を身に着けるだけならまだしも、志都子は「経営巫女」として、神がかり的経営者の演技をしなければならない。更には、生い立ちが不幸なのに努力の甲斐あって成功した幸せな女、そして、悲劇の母、という物語を背負った役割があるのだった。講演やテレビ出演である。その都度、不幸な半生と成功体験を語ってきた。それが、夫である浩史《ひろし》と山瀬の経営戦略なのだった。浩史自身は、滅多に人前に姿を見せず、影の存在に徹している。人前に姿を見せないどころか、最近は志都子の眼前からも行方をくらまし、どこか都内のマンションに女といるのだった。

実際、志都子の過去は不幸の連続だった。福井県出身、早くに父親を亡くしたせいで小さい頃から金には苦労した。中卒で地元の織物工場に集団就職し、二十五歳で能登《のと》の木工所の工員と結婚。男の子を一人産んだが、工員が金を使い込んで失踪《しっそう》したために離別。洋裁を習って自活しようとしたものの、洋装店は子供の火遊びで火事になり、子供と家を失った。ショックで、自殺未遂二回。何とか立ち直り、今度は貯金だけを楽しみにバーで働いた。しかし、五年かかって貯めた二千万を同僚に持ち逃げされ、再び失意のどん底に突き落とされた。

水商売がほとほと嫌になって住み込みのお手伝いを始めた時、やっと運が向いてきた。現在の夫、又勝浩史と知り合ったのだ。浩史は、志都子が住み込んでいた上田の運送会社社長宅に出入りする麻雀プロ。三十五歳だった志都子よりひと回り年上の四十七歳。時折、麻雀雑誌に名前を見ることがある程度で、ほとんど無名の存在だった。しかも、風采《ふうさい》が上がらない。ひょろひょろと痩せて、髪の薄い中年男なのだ。だが、浩史が上田市を訪れる度、博打《ばくち》好きの社長は、「『また勝つ』が来やがった。俺に負ける癖に」と喜んで、友人を呼び、卓を囲むのだった。

ただ、浩史は女にはやたら優しかった。

「志都子さん、いつもすみませんねえ」

徹マンの最中に茶を取り替えたり、つまみを作って運んで来る志都子を労《いたわ》ってくれるのは浩史一人なので、志都子は悪い気がしない。そのうち、志都子は浩史にだけ、こっそり好きな銘柄の煙草を用意しておいたり、夜食を作ってやるようになった。二人が恋仲になるのに、そう時間はかからなかった。ある日、志都子の個室に忍んで来た浩史が、頼み事があると言う。志都子に、麻雀の最中に茶を運んで、社長の背後から社長の手を符丁で教えてくれというのである。イカサマの誘いだった。

「聴牌《テンパイ》してなかったら、お茶はどちらに置きますか、と聞く。聴牌してたら、お茶はここに置きます、と言う」

最初は、そんな素朴な符丁だったが、次第に複雑になり、志都子の仕種や言葉で、牌の種類から「待ち」まで伝えられるようになった。志都子は、いつかイカサマがばれるのではないかと気が気でなかったが、社長は志都子を舐《な》めていたのか、裏切りに全く気付かなかった。結果、浩史は八王子《はちおうじ》のビジネスホテルをひとつ社長から奪ったのである。それがネオシティホテル・グループの始まりとなった。そして、浩史の博才《ばくさい》と、浩史によって作られた自分のカリスマ性、そのふたつだけでグループをここまで大きくしたのだ。まるで奇蹟としか思えない後半生、それが又勝志都子の神話だった。

しかし、浩史は、結婚以来ずっと自分を裏切り続けている。志都子はベンツの後部座席で溜息を吐《つ》いた。溜息を聞き付けた秘書の田川伸輔《しんすけ》が振り向いた。二十歳の田川は、昨年留学先のラスベガス大学カジノ科をやめて戻ったばかりだが、ホテル業務には就きたがらず、もっぱら志都子の秘書として行動を共にしていた。

「社長、午後二時から横浜の従業員面接があります。どこかでお昼を召し上がらなくてはなりませんが」

田川は、膝の上に載せたアタッシェケースの上に電子手帳を広げて言った。田川は、志都子と結婚する前に、浩史が新小岩《しんこいわ》の雀荘経営者に産ませた子供だった。認知しているが、女の姓を名乗らせている。志都子は、自分がまさか、浩史が他の女に産ませた子供を会社に入れることになるとは思ってもいなかったが、田川が控えめで優しい男なので秘書にした。田川の方でも、産みの親より志都子の方が好きらしく、とかく側にいたがるのだ。

「シンちゃん。あたし、今日は胸騒ぎがしてならないの。何か悪いこと起きそうな嫌な予感」

志都子は行儀悪く、白いブーツのジッパーを下げ、車の床に脱ぎ捨てた。気温が二十五度もあるのにブーツを履くなんて愚の骨頂だ。疲れるったらありゃしない。志都子の機嫌が悪いのを見て取った田川は、不安そうに志都子の顔を窺《うかが》った。正面から人を見る時、恥ずかしそうにまず視線を落とす癖は、浩史によく似ていた。だが、父親ほどに大胆でも悪くもなく、小心過ぎるきらいがあった。経営巫女としての志都子を心から尊敬しており、志都子が予感めいたことを言うとたちまちそれに従う傾向がある。

「社長、じゃお昼は」

「あたし、家に戻る。あの女がヤッちゃんを取り戻しに来そうで怖いの」

「富美《ふみ》さんに電話してみましょうか」

富美というのは、自宅のお手伝いだった。太々《ふてぶて》しくて、本心が摑めない。

「駄目。不意打ちして、現場を摑むのよ。あたしの考えでは、富美さんが一番怪しいのよ。あの女に通じてるんじゃない」

「まさかあ」

田川は子供っぽく唇を尖らせた。経営巫女が、どうしてそんな被害妄想めいたことを言うのかと思っているのだろう。まだ甘い、あんたは人生というものを知らないのよ、と志都子は思った。

「まさかあ、じゃないわよ。シンちゃんが人が好過《よす》ぎるの。あんたのお母さんだって、あの女に泣かされたじゃない」

田川は困惑した顔になった。「あの女」とは、志都子と結婚したにも拘《かか》わらず、続いていた田川の母親を捨てて、浩史が次に夢中になった美容室経営者のことだった。浩史はどういう訳か女事業主が好きで、手出しするのは大概、街で自営するしっかり者の女ばかりだ。現在はネイルサロンを経営している三十代の女に熱を上げているのだから、どうしようもない助平爺《じじい》だ。

田川は、志都子にどういう態度を取っていいのか、わからないらしい。電子手帳をひたすら眺める振りをして誤魔化している。かつて、田川の母親の存在も、志都子を大いに悩ませたのがわかっているのだ。その辺が、田川の可愛いところだった。浩史ならば、「そうですよねえ」と平然と同調するに違いなかった。経営巫女が、亭主の女騒動の後始末に追われっ放しだなんて、哀れなものではないか。志都子は周囲の景色を見るのも面倒、とばかりに目を瞑った。

志都子の家は、渋谷区松濤《しょうとう》にある。倒産した信用金庫のオーナーから買い叩いた百坪の土地に建てた。イタリア産大理石をふんだんに使ったぴかぴか光る豪邸だ。窓にはミラノで作らせたステンドグラスを塡《は》め込み、廊下には惜しげもなく中国の段通《だんつう》を敷き詰めた。浴室やキッチンは、マイセンで焼いたタイルを使用、著名な画伯の絵や彫刻、人間国宝が焼いた皿やら傘立てやら、金をかけまくってオーダーメイドした、ありとあらゆる贅沢品で埋まり、互いが互いの価値を相殺し合う不思議な家だった。

「ヤッちゃん。いる？」

志都子は叫びながら、家の中に駆け込んだ。この瞬間のためにブーツのジッパーを下ろしていたのだ。田川は怖じ気《おけ》づいて、運転手と昼飯を食べに行った。廊下を走り、リビングのドアを開けた志都子は、中にいる人物を見て大声を上げた。

「やっぱ、来てたわね。あたしって本当にいい勘してる」

ソファに座って紅茶を飲んでいた女が驚いて飛び上がった。肩までの髪を品のいい栗色に染め、濃紺のスーツに真珠のネックレスがよく似合っている。浩史の趣味としては一番おとなしく上品な女が、横浜の桜木町《さくらぎちょう》で美容室を経営している孝子だった。

「お邪魔してます」

孝子は慌てて礼をした。志都子は挨拶もそっちのけで、安史《やすし》の姿を探した。三歳の安史は、ソファの裏に蹲《うずくま》ってゲームボーイに夢中だった。とりあえず安史を確保したことに安心し、志都子は胸を撫で下ろした。

安史は、浩史と孝子の間に出来た子供だった。孝子の店の借金を肩代わりすることを条件に、志都子が養子にしたのだ。だが、二歳半まで孝子に育てられた安史は、なかなか志都子に懐《なつ》いてくれなかった。孝子もいったんは手放した癖に、最近はしきりと後悔しているらしく、金を返すから安史を返してくれないか、と再三再四、志都子に申し入れているのだ。当の父親である浩史は、我関せずと、新しい愛人であるネイルサロン経営者の由美と暮らしているのだから、女同士の戦いはエスカレートする一方である。田川の母親は、手切れ金を貰って、さっさと戦線離脱した。

「お邪魔してる、じゃないでしょう。あなたは、どうして約束を破るの」

志都子は孝子を詰《なじ》った。孝子は今年四十歳になるとは思えない若々しい顔をしている。艶《つや》のある膚《はだ》をして、憂いを帯びた表情は、女でさえも見惚《みと》れるほどだ。

「すみません。でも、この子が不憫《ふびん》なんです」

「不憫だなんて、随分な言い方じゃないですか。あたしは法的にもきちんと安史を手に入れたのよ。あなたがこうやって会いに来るから、安史の心も動くんです」

「仰《おつしや》る通りです」孝子は肩を落とした。「でも、私が馬鹿でした。お店を失いたくないばかりに一番大事なものを差し出してしまった。そのことがどうしても我慢できないんです」

「それは、あなたの問題。安史はもう、あたしのものよ」

はっとして志都子を見た孝子の美しい顔に憎しみがちらつくのを認め、志都子は奇妙な心持ちになった。悔しいでしょう。あたしが羨《うらや》ましいでしょう。あなたはたった八百万円のために、この世で一番大事なものを失ったのよ。自分だって、愛児を火事で失った癖に、どうしてこんな残酷なことが思えるのだろうか。志都子は自分の心が痛むのがわかった。でも、可愛い安史を孝子に渡す訳にはいかない。女たちの緊張をよそに、安史はラルフ・ローレンのオーダーメイド子供服を着てゲームに興じている。

「安史を返してください。お願いします」いきなり孝子は土下座した。何度も頭を下げる。「お金は全額お返しします。お願いします」

「あなたねえ、それはあんまりでしょう。あなた、あの時何て言ったか覚えている？お店はあたしのすべてです、と言ったのよ。あたしのお金で当座を凌《しの》ぎ、今度は安定したから子供を取り返しに来た、なんて絶対に許せないわ」

孝子は涙に濡れた目を上げた。

「わかってます。勝手なことは百も承知です。でも、安史がこの家になかなか馴染めないと聞くと、辛くて不憫で」

「そんなこと誰が言ったの」

背後から大きな声がした。

「あたくしです、奥様。申し訳ございません」

富美だった。十年以上も住み込みで働いていた富美が裏切ったのだ。自分が上田の社長を裏切ったように。志都子はきっと振り返った。志都子と同い年の富美が、胸を張って立っていた。普段着でいると、富美の方が豪邸の奥様に間違われそうなほど、恰幅《かっぷく》が良くて貫禄《かんろく》がある。

「すみません、志都子さん。富美さんを責めないで。どうかもう一度、考え直してください。浩史さんも、志都子がいいと言うならいいよ、と言ってくれたし」

ちょっと待って。志都子は頭を抱えた。何で浩史の名前が出てくるのだ。それに、富美もなぜ私の味方をしないのだ。孝子が必死の形相《ぎょうそう》で続けた。

「志都子さんには、伸輔さんがいらっしゃるじゃないですか。あの人だって、浩史さんのお子さんでしょう。あの方は、志都子さんの秘書となって、支えているじゃないですか。安史はまだ小さいんです。だから、安史だけは返してください」

小さいからこそ、欲しいのだ。火事で死んだ良幸と同じ年頃だからこそ、もう一度育てたいのに。顔を上げると、いつの間にか安史が孝子にしがみついていた。

「ママ、どうしたの。ねえ、ママ」

ママはこの私でしょう。志都子は抑えられない感情がどどっと堰《せき》を切って噴出するのを感じた。

「いい加減にしてちょうだい。孝子さん、あなたに志都子さんと呼ばれる覚えはないわ。あなたは愛人だったんじゃない。奥様と言いなさい。それに、子供を認知しただけでも有り難いと思いなさい。返してなんてとんでもない話だわ。一度手放したら、もうおしまい。あたしの子供だって火事で死にました。何度後悔したことか。あの時、一人にしなければ良かった。マッチを手の届かないところに置けば良かった、と。だけど、あたしは子供を失ったせいで、霊感が備わったの。経営巫女として成功したの。もう一度子育てしたら、きっとすごい子供になるわ」

孝子が憤然と叫んだ。

「実験するっていうんですか」

「他人の子だから、できるんですよ」

富美が憎々しげに言う。志都子は癇癪《かんしゃく》を起こして富美を突き飛ばした。大柄な富美はのけぞりつつも、辛《かろ》うじて転ばず、しゃんと背を伸ばして文句を言った。

「じゃあ、あたくしは今日限りで辞めさせていただきます。そんな鬼のような奥様にお仕えはできませんから」

「構いませんよ。主人を裏切って、こんな女を勝手に家に入れるなんて、損害賠償を請求したいくらいよ」

「どうぞ、してください。あたくしにも言いたいことは山のようにございます」

富美は捨て台詞と共に、さっさと部屋を出て行った。

「あんたも早く出て行ってちょうだい」

志都子は孝子の腕を引いて立たせ、無理矢理、廊下を歩かせた。孝子は振り返っては、安史を見つめている。安史はぽかんと口を開け、何が起きたかわからない様子だ。

「もう二度と来ないで。でないと、訴えるわよ」

志都子は玄関ドアを大きく開き、孝子を突き出した。ついでに孝子のサンダルも投げ付ける。孝子が大理石のポーチの上で転がったサンダルを履き、顔を上げた。

「志都子さん、私諦めませんから」

「軽々しく志都子さんなんて呼ばないでって言ったでしょう。ここには、もう二度と来ないで。安史はあたしのものです」

「子供ドロボー。オニ！」

孝子が毒づきながら、去って行く。憂い顔の美人が台無しだ。角を曲がるまで見届けてやろう。志都子は孝子の細い後ろ姿を睨み付けた。その時、小さな物体が素早く足元を擦り抜けて駆け出て行った。

「ママ、ママ」

安史だった。安史は裸足で、孝子の後を追いかけて行く。危ない、車に轢《ひ》かれちゃうわ。志都子は慌てて後を追ったが、安史はすばしこく道路に到達し、渡ろうとしている。角からトラックが曲がって来た。どうしよう、間に合わない。パニックになった瞬間、大きな女が一人現れて、安史を抱きかかえるのが見えた。志都子は安堵《あんど》してその場にくずおれた。女が安史の手を引き、こちらに向かってきた。

「ママが心配してるわよ」

ママだって。何ていい響きだろう。それに、何ていい人なんだろう。志都子は涙ぐんで安史を、それから間一髪のところで安史を救ってくれた女を眺めた。女子プロレスラーのようなごつい中年女だった。目が小さくて、垂れ目。とても人が好さそうに見えた。

志都子は安史の小さな体をしっかりと抱き締め、女に礼を言った。

「ありがとうございました。本当に助かりました」

「いいんです。突然、坊ちゃんが飛び出して来たから危ないと思って」

「何とお礼を申し上げていいのかわかりません。命の恩人です。お礼を差し上げなくちゃ。ちょっと待ってください」

「いいんです、いいんです」女は後退った。「そんなつもりではありませんから」

「でも、申し訳ないし」

「でしたら、奥様、この辺りでお手伝いを探しているお宅はありませんでしょうか。私、事情があって家を出て来たばかりで、実は困っているんです」

女は途方に暮れた顔をした。見れば、大きな荷物を持っている。ちょうど富美も出て行ったばかりだし。志都子は女の肩を叩いた。

「なら、ちょうどいいわ。あたしの家で働いてちょうだい。住み込みよ」

「よろしいんですか」女は驚いた様子で豪邸を見上げた。

「いいのよ、今日はやはりついてるわ」志都子は浮き浮きと言った。「どうぞ中にお入りください」

横浜から災難はやって来たが、追い払ったのだから。

「あなた、お名前は？」

「松本アイといいます」

「いい名前ね」

安史さえ手に入ればどうでもいい。志都子は上の空で返事した。しかし、浩史がこの新しい女に手を出すのではないか。急に心配になった志都子は、慌てて松本アイと名乗った女の顔を見た。よく見るとおかめみたいな下膨れで、不細工だ。これなら大丈夫、と安心しかけたが、化粧が濃いのが気になって、志都子はほんの一瞬、嫌な気がしたのだった。だが、松本アイがしみじみと頷きながらこう言ったので、志都子は迷いを捨てた。

「奥様、母の愛って強いですわね。あたし、母親を知らないで育ったので感動しました」

6　死に様は選べない

山瀬は、本部の経営企画室のど真ん中に置いてある机の前で、得意げにパソコンのキーボードを打っていた。ネオシティホテル・グループのメールマガジンに、「経営巫女のご託宣は如何に」と題する原稿を書く仕事である。「次は横浜——巫女のお言葉に勇気凛々《りんりん》」とタイトルを打ってから、はたと迷い、文字列を一気に消した。今日の支配人会議の熱気と昂奮を伝えるには、あまりにも味気ないタイトルだと思った。

五十三歳になる山瀬は、長野県にある温泉の老舗《しにせ》旅館に長く勤めた後、熱海《あたみ》の著名な温泉ホテルの支配人に引き抜かれたが、厨房の火の不始末でボヤを出し、客に怪我をさせた過去がある。ホテルを引責退職し、ふて腐れて雀荘に出入りしているうちに知り合った人物が、遊び人のプロ雀士、又勝浩史だった。浩史に誘われて、再びホテル業界に戻ったのが十五年前。

　そんな山瀬が、高校時代は文芸部に属し、物書き志望だったことは誰も知らない。山瀬の妻は同じ文芸部の副部長で、難解な現代詩の真似事をしていた。山瀬は小説家志望で、あり余る情念を弄《もてあそ》び、内外の小説をパクっては自作のように見せかける術《すべ》を磨いていた。だから、原稿にはちょっとうるさいのだった。山瀬は「横浜必勝――経営巫女の檄《げき》は涙色に染まって」とタイトルを書いた後、出来の良さを自慢したくなり、秘書の後藤道子を呼び付けた。

「おい、後藤さん。これ読んで意見言って、早く早く」

　山瀬の急《せ》かす声に、後藤道子が、渋々立ち上がった。後藤は四十歳になろうとしている独身女性だ。グループ発祥の地、八王子ネオホテルで客室係のチーフをしていた生え抜き組。長く八王子で勤めていたが、機転が利くから、と理由を付けて又勝浩史が営業本部長秘書に抜擢したのだった。

　後藤は大柄で色白、目が細くて眉が薄いため、全体的に淡く茫洋《ぼうよう》とした印象がある。しかも愛想が悪い。だが、声だけが奇妙に甘くて若いので、電話で話した男性社員のほとんどが興味を持つ。実際に後藤を見に来た男性社員が失望の溜息を洩らす場面を目撃する度、山瀬は愉快でならなかった。山瀬自身は、とかく冷笑的な態度を取る後藤が好きではないし、かつて浩史と後藤の間に肉体関係があったことを知っているため、どこか軽侮《けいぶ》してもいるのだった。

「へえ、いいじゃないですか」案の定、気のない様子で後藤が褒めた。「部長は横棒がお好きですね」

横棒じゃなくてダッシュだろう。山瀬はむっとして、何か言い返そうと思ったが、浩史に告げ口されても困るので黙っていた。浩史は、自分が手を付けた女をあちこちに配して、部下の動静を探っているという噂《うわさ》がある。どの女がお手付きかは、わからない。一種のゲームだ。麻雀も入り組んだ仕掛けで待ったり、捨て牌《ハイ》にあれこれ粉飾を凝《こ》らす浩史を、山瀬は実は恐れていた。

「今日の支配人会議はそんなに盛り上がったんですか」

後藤が制服の灰色のスーツのボタンを留めたり、外したりしながら聞いた。ブラウスの打ち合わせから、一瞬、真っ白な素肌が見えた。山瀬は慌てて目を逸らした。不機嫌そうな後藤が、時折色っぽく見えることもある。不器量なのに声だけ甘い女は、案外可愛いのかもしれないとも思う。

「今日は社長が感極まって泣きだしてね。貰い泣きした奴も多かった。いやあ、社長は本当に凄いよ。あれだけ皆を煽《あお》れるのは、あの人だけでしょう。さすが経営巫女だねえ」

本気に聞こえるように言ったつもりだったが、後藤は例によって冷笑を浮かべている。

山瀬自身は、志都子をうまく利用している浩史の考えを支持しているだけで、志都子にはたいして関心はない。

「へえ、そうなんですかあ。今度、あたしも出席してみようかしら」

後藤が底光りのする目をして言ったので、山瀬は少し慌てた。支配人会議は女人禁制だった。グループの支配人が全員男性ということもあって、経営巫女である社長の志都子が他の女性がいると気が散る、と嫌がるのだ。ましてや、後藤のことは志都子も薄々勘付いているはずだ。間に入って気を遣うのはご免だった。

「駄目だよ。ご託宣が出なくなるかもしれない」

「グレートマザーって奴ですものね」

厭味《いやみ》な言い方をして、後藤は席に戻った。山瀬は、いけ好かない女をお目付け役にした浩史に恨み言を言いたくなった。が、浩史は二日前から連絡が取れない。新しい愛人とどこかにしけこんでいるのはわかっているが、二人して旅行にでも出ているのか、所在が不明だった。携帯電話に電話しても繋がらない。今度の愛人はネイルサロン経営者とかで、店も流行《はや》って結構忙しいと聞いたのに、いいご身分だと訳もなく腹立たしかった。山瀬は思い切って後藤に聞いた。

「後藤さん、社長はどこに行ったか知らないか」

「経営巫女はご自宅にお戻りと聞いてますが」

「あ、そうか。会長の方だよ」

混乱した山瀬は急いで言い直した。堂々とした後藤の態度に気圧《けお》されてしまうのが癪《しゃく》でもある。会長の元女というだけで威張《いば》れるのだから、女は図々しい生き物だ。しかも、女たらしの浩史が次から次へと手を出すので、威張る女ばかりが増え続けている。雀荘経営者に、経営巫女に、美容室経営者に、今度はネイルサロンの女、そして後藤。下手すれば、本宅のお手伝いの富美も怪しい。

「本部長、なぜあたしが知ってると思うんですか。何か意味でもあるんですか」

後藤は、絡む口調で真正面から山瀬を見た。室内にいた四人の社員が、驚いた顔で後藤を見遣《みや》ったが、後藤は怒りの表情も露《あら》わにこちらを睨《にら》み続けている。はいはい、すみませんでしたね。口には出さず、山瀬は素早く目を伏せて煙草をくわえた。二人の会話が途切れたのを見て取った営業課長が、横からおずおずとファクスを見せた。

「本部長、よろしいですか。こんなものが来てますけど、捨ててしまっても構いませんかね」

A4ファクス用紙一枚にびっしりとワープロで打ってある。手紙らしかったが、老眼の山瀬は読むのが面倒で、指で紙を弾いた。

「何だ、クレームか」

「いえ、違います。警告というんでしょうかねえ。こういうのは初めてです」

まだ三十代初めの若い課長は、首を傾げた。いきなり、「人殺し」という言葉が目に飛び込んで来たので、山瀬は驚いて老眼鏡を取り出した。

「どこから来たんだ」

「わかりません。ただ、何となく気持ち悪い話なんですよ」

ファクス用紙には発信元表示はない。文面は次のようなものだった。

ホテル関係者の皆さんへ
ホテルを経営されている皆さん方に、敢《あ》えて言いたいことが山ほどあります。放っておいても構わないのですが、それでは私の良心が許しません。私がこれから書くことは、決して嘘ではありません。信じられないと言われるのもわかってはいますけど、これは絶対的な真実です。皆さん、どうぞ気を付けてください。
私は、女の顔をした悪魔を一人知っているのです。その女のしたことを考えるだけで、ぞっとします。彼女の本当の名前が何というのか、今現在、何という名前を名乗っているのかは知りませんけど、もちろん彼女はまだ生存していて、人を騙《だま》し続けています。そして、へいぜんと人を殺し続けています。
彼女は正真正銘の大嘘つきです。泥棒です。放火魔です。詐欺師です。そして、世にも怖ろしいことに人殺しです。これまで、いったい何人の人を殺したのか、その数は誰にもわかりません。いいえ、彼女自身にもわからなくなっていることでしょう。彼女は自分のしたことなんか忘れてしまっているのです。そのくらい、彼女にとって何でもないことなんです。

彼女の手口はとても巧妙で、証拠を残すことは一切ありません。彼女は金欲しさからいとも簡単に人を殺し、闇から闇へと消えて行くのです。彼女は顔のない悪魔です。どこにでもいる中年女。でも、その心は真っ黒です。

私は彼女の生い立ちを聞いたことがあります。彼女は東京都のどこかにある、娼婦の館で生まれたそうです。母親は彼女を産み捨てて、どこかへ消えました。彼女の父親が誰か、そんなことはわかりません。きっと、客の誰かでしょう。彼女は赤ん坊の頃から、犬よりも邪慳《じゃけん》にされ、野良猫のように踏み付けにされて生きてきたと聞きます。誰からも可愛がられなければ、慈《いつく》しまれることもなく、その成長を喜ばれることもなく、育ってきた子供。だから、彼女は平気で嘘をつくし、チャンスさえあれば金を盗み、悪事を重ねても平気なのです。そうしなければ、生きてはこれなかったのですから。彼女が六歳になっても、小学校に入れようと思う親切な大人など一人もいなかったと聞いてます。戸籍なんかある訳もないし、名前があることさえ、彼女には奇蹟なのです。

彼女は物心ついてから、ある施設に引き取られました。その施設でも、こっそり盗みを重ね、自分が楽になるのなら他人を陥《おとしい》れることも朝飯前の悪行三昧《ざんまい》だったそうです。そこを卒園してからは、施設にいたことを隠すために、何でもやったと聞いています。例えば、同じ施設の卒園生で亡くなった者が何人もいるそうです。そのうち何人が彼女の犠牲になったか、神のみぞ知ると言ったところでしょう。彼女は娼婦、お手伝い、ホステス、ソープ嬢、何でもやっては罪を犯して職場から逃げる、そういうことを繰り返していたのです。

私が言いたいのは、ホテルメイドになってからの彼女の悪事の数々です。彼女は、大きなホテルチェーンの客室係として働きながら、客の財布から金を盗み、ポケットから小銭をくすね、発覚しそうになると客を浴槽に沈めたり、非常口から突き落としたり、自然死に見えるように殺してきました。謎の死を遂げた客、変死した客のすべての状況をあなた方は調べましたか。警察に言いましたか。言わなかったでしょう。ホテル側は外聞を重視しますから、彼女の犯罪もばれないできたのです。あなた方、ホテルを経営していればおわかりでしょう。客室内で、変死する者がいかに多いか、を。私は断言します。そのうちの数パーセントは、確実に彼女の仕《し》業《わざ》です。

お願いですから、ホテルメイドを雇う時は気を付けてください。そして、彼女だけは雇わないようにしてください。でないと、あなたのホテルは不審な出来事が多くなるでしょう。厄介な窃盗事件、変死事件に遭いたくなければ、雇う人物に気を付けることです。もう一度書きます。彼女はどこにでもいる中年女性です。一見、善人に見えますが、心はとても邪悪なのです。気に入らない人物がいれば、夜中に来て火を点けるくらい、平気でするそうです。

告発者より

「何だ、これは」

山瀬は大声を上げた。課長が眉根を寄せて囁《ささや》く。

「ね、本部長。すごく気持ち悪いでしょう」

「気持ち悪いも何も、悪質な嫌がらせだよ。プランスかどっかが仕掛けてんじゃねえか。何せ、うちは横浜開業を控えているから、従業員を大量募集しているだろう。それに横《よこ》槍《やり》を入れやがったんだ」

山瀬は課長の不安そうな表情が気に入らず、下品に言い捨てた。いつの間にか、二人に近付いて、後ろから文面を覗き込んでいた後藤が口を挟んだ。

「嫌がらせするなら、もっと効率のいいやり方をするんじゃないですか。こんな三文小説みたいなこと書きますかね。だいたい、この文章おかしいですよ。これを書いた人って、まるでその人を知っているみたいに書いたり、伝聞調で書いたり、一貫してないじゃないですか。悪行三昧って言葉だって、桃太郎侍のパクリですよ」

そんなことはわかってる、と文章にうるさい山瀬は心の中で呟いた。だが、後藤は可愛い声でねちゃねちゃと喋り続けた。

「私が思いますに、作家志望の頭の変な人が、面白おかしく自分の妄想を書き連ねて、ホテルに送り付けているんですよ。うちがしょっちゅうマスコミに取り上げられているんで、やっかんでるんですよ。一種の愉快犯ですね。だから、放っておくに限ります。私が客室係をしている時だって、雇うパートタイマーはきちんと面接してましたし、変な人なんか絶対に入れませんでしたよ。誓って言いますけど、こんな馬鹿なことはありません」

勝手に話に入って来た癖に、後藤は次第に激高して声を上ずらせた。事態が呑み込めていない課長が、驚いて手を振った。

「まあまあ、後藤さん。落ち着いてくださいよ」

すみませんでした、と後藤は一応引き下がったが、まだ言い足りない様子で唇を尖らせている。課長が慌てて言う。

「違うんですよ、本部長。実は、そのプランスさんの方からもうちに問い合わせがあったばかりです。あっちの社長室にも同じファクスが行ってるそうです。他のホテルチェーンにも来てるようです」

「じゃ、この人、本気なのね。全部のホテルのファクス番号調べるだけだって、大変な手間ですよ」

後藤がどこか楽しんでいる風情《ふぜい》で合いの手を入れたが、山瀬は頭を抱えた。折角、横浜開業を控えているのに、気持ちの悪いことを書かれてはゲンが悪い。

「どこの誰がこんな手の込んだことをしてるんだろう」

これまで、客からのクレームは多々あった。どこのホテルの何という従業員にこのような失礼な態度を取られた、という程度の文句は始終来る。その度に、事実関係を調査し、謝罪したり、無視したり、臨機応変の対応をしてきた。だが、こんな薄気味悪い手紙は初めてだった。しかし、創業して十五年、総客室数が一万を超えれば、ホテルルーム内の変死は幾度も経験する。一番多いのが、一人で泊まっている客の病死または事故死だった。心臓麻痺《まひ》、脳溢血《いっけつ》、飲酒による転倒、性交中の事故、自殺者、心中。ごく稀《まれ》に殺人事件。これらの変死の幾つかが、ある特定の人物の仕業とは考えられないものの、考えられる可能性もないではないから問題なのだった。山瀬はうーんと唸《うな》った。どう対処していいのか、わからない。

熱海での火事がふと脳裏に浮かんだ。あの時も、厨房の施設が古いことを承知していたのに、改装を後回しにした矢先に起きた火事だった。それ以来、気になることを先延ばしにしてはいけないと肝に銘じている。自分の慎重さが、ネオシティホテル・グループの成功の源ではなかったか。女たらしのギャンブル野郎である浩史と、不幸な経営巫女の志都子に仕えてきたが、グループを大きくしたのは自分だという自負は、実は物凄く強いのだった。山瀬にとって、グループは自分の作品、そう懸命に書き上げた大長編小説のようなものだし、人生の不幸を乗り越える逆転ホームランでもあるのだった。

なのに、この告発の手紙には、その女が「平気で火を点ける」とある。志都子の子供の命を奪ったのも火事なら、自分の運命を変えたのも火事だ。山瀬は、その偶然に慄然《りつぜん》とした。が、訳のわからない手紙に右往左往するのも嫌だった。やはり無視しようと決めた途端、後藤が出しゃばった。

「本部長、客室係には私から直接指示しておきましょう。私は元客室係です」

お前は、元客室係というより、浩史の元女だから威張っているんだろう。山瀬はムキになった。

「いいよ、ほっとけ。どうせ手の込んだイタズラなんだ」

「後で泣いても知りませんよ。火事が起きなきゃいいけど」

後藤の厭味に山瀬は顔を引きつらせた。課長も後藤の気の強さに辟易《へきえき》とした表情で横を向いている。山瀬が以前の職を火事という過失で失ったことも、志都子が子供を火事で死なせたことも周知の事実だった。だから、この職場で火事という語は禁句なのだ。

あんまりだ、この女。俺がどんな思いで火事を乗り越えたと思ってるんだ。後藤に思いっ切り馬鹿にされた気分の山瀬は、つい感情的になった。

「わかったよ。ちゃんと対処しよう。後藤、お前が会長のところに相談に行って来いよ。俺は横浜の採用係に一応言いに行くから。役割交代しよう」

「嫌ですよ。何でそんなことしなくちゃならないんですか。私が横浜に行きます。本部長が会長のところに行けばいいでしょう」

「いや、後藤が会長と社長宅と両方行け。お前の仕事だ」

「何で私が行くんですか。私は一介の秘書ですよ」

そうだ、今は一介の秘書だが、お前は浩史の女だったんだろう。浩史にこそ厭味のひとつでも言ってやれ、俺に当たるな。そう言いそうになった山瀬は言葉を呑み込む。

「なら、二人で回ろう。それでいいだろう」

売り言葉に買い言葉で、山瀬はファクス用紙を掴んで席を立った。背の高い後藤は、立ち上がった山瀬の目を睨み付けている。間に挟まった課長は、質《たち》の悪いイタズラかもしれない一枚のファクスで、なぜこんな展開になったのか、全く理解できない様子でぼんやりしている。

山瀬と後藤は、無言で地下駐車場に行き、社用車のスバルに乗った。運転するのは、後藤だ。運転できない山瀬は、助手席に座った。

「どこへ行けばいいんですか」

「まず社長のところだろうな」

後藤は何も言わずに乱暴にギアを入れた。いきなりだったので、まだシートベルトを着けていなかった山瀬は、ダッシュボードに両手を衝《つ》いた。

「おい、気を付けろ」

「すみません。じゃ、本部長が運転してくださいな」

「俺はできねえって言ってるだろう」

互いに喧嘩腰だった。山瀬は腹立たしくてならなかったが、何せ浩史の元女だ。せいぜい、浩史の女巡りをして復讐してやるしかない。黙って腕組みした。山瀬の携帯が鳴った。

発信者は社長秘書の田川だった。田川が浩史の息子だと承知しているのは、山瀬だけなので、一応丁寧に応対する。

「はい、山瀬でございます」

「社長がお呼びです」

何の用だろう、山瀬は訝《いぶか》しんだ。

「ちょうど今から伺うところでした。ご自宅ですよね」

「そうです。社長がどうしても会長と連絡を取りたいとおっしゃっています」

「私どもも探しているんですけど、何かあったんですか」

「まあ、着いてから」と、田川は言葉を濁した。「あの、僕は横浜の様子を見に行きますので、社長をよろしくお願いします」

田川が逃げだしたということは、志都子が荒れ狂っている証左に他ならない。山瀬は憂鬱《ゆううつ》になった。


松濤の本宅のドアを開けたのは、ジーンズ姿の見知らぬ女だった。髪をひっ詰めにして太った顔を剝き出しにしている。四十がらみで、小さな垂れ目がきょときょとと落ち着かない。別れて五分もしたら忘れてしまいそうな、地味で平凡な女だった。女は素早く山瀬と後藤に目を走らせてから、愛想良く言った。

「いらっしゃいませ」

「あれ、新しいお手伝いさん？　富美さんはどうしたの」

胸騒ぎを抑えて、山瀬は尋ねた。

「前の方は、ついさっきお辞めになりました」

女はプチポワンの刺繡《ししゆう》を施した高価なスリッパをふたつ揃えながら、澄まして答えた。十年以上も勤めたのに、なぜ急に辞めたのだろうと山瀬は不審に思った。ファクスといい、志都子の様子といい、嫌な予感だらけだった。スリッパに足を入れようとしたら、奥から叫び声がした。

「あんたたち、上がることないわよ。私も一緒に出るから」

朝と同じブルーデニムのミニスーツ姿の志都子が慌《あわただ》しく出て来た。赤い口紅が剝げ落ちて斑《まだら》になっている。志都子はせかせかと安サンダルを突っかけた。

「じゃ、アイちゃん、後はよろしくね。安史を見ててくださいな。あの女が来ても、絶対に入れちゃ駄目よ、いいわね」

「任せてください」

心得顔に女は頷いたが、その目に笑いが潜んでいるのを山瀬はちらりと見遣り、怪訝《けげん》な気がした。何が可笑《おか》しいのだ。車の後部座席に並んで座った山瀬は、志都子に尋ねた。

「あの人、アイちゃんって言うんですか。初めて会ったけど、身元は大丈夫でしょうね」

「それどころじゃないわよ。悔しいったらありゃしない」志都子はアイのことなど、どうでもいいらしく、マールボロに火を点けた。「あたしが帰って来たら、孝子が安史を連れ戻しに来てたのよ。富美があたしを裏切って、内緒で孝子を家に入れてたの。あたし、頭に来て、富美をクビにしてやったわ。これから行って浩史さんをとっちめてやるつもりだから、あんたも立ち会ってよ」

それでどうか。山瀬は夫婦のいざこざに巻き込まれるのを想像してうんざりした。後藤は、能面のような表情で前を向き、運転に専念している振りをしている。いつも、志都子の前では猫を被り、口を噤《つぐ》むのだ。その横顔を睨み付けてから、山瀬は溜息を吐《つ》いた。

「会長は連絡取れないんですよ。こっちもいろいろ問題が生じているのに」

山瀬は懐からファクスを出して志都子に見せたが、志都子は見向きもしない。

「どこへ行くんですかあ」

後藤がのんびりと聞いた。志都子が激しい剣幕で怒鳴った。

「あんたも行ったことあるはずよ。あの人の隠れ家、代官山のマンションに決まってるでしょうが。あの人はそこにネイルサロンの女といるのよ」

後藤は顔色を変え、ハンドルにしがみ付くようにして車を発進させた。

「ネイルサロンの方はお休みなんですか」

口にしてはならないことだったのに、仕方なしに山瀬は聞いた。

「二日間休みだそうよ。そこで夫婦ごっこしてるのよ、あいつら。自分は勝手しておきながら、あの女に安史を連れ帰っていいと言ったなんて本当に頭に来るわ」

代官山のマンションは、浩史の隠れ家のひとつだった。女の店が近いので、始終そこに二人で入り浸っているのは山瀬も知っている。だが、どうして二日間もそこに隠遁《いんとん》しているのか。またしても、山瀬の心に不安が黒く渦巻いた。

憤然として先頭を切り、マンションの開放廊下を靴音高く歩いて行くのは、当然のことなから志都子だった。後藤が意地悪く囁いた。

「経営巫女のこんなところを見たら、支配人連中は何て言うでしょうね」

「黙れよ、後藤」

山瀬は後藤を叱り付け、志都子の背中を見つめている。貧相な体全体が怒りで燃えているかのようだった。安史のことになると、俄然《がぜん》、浩史と戦おうとする志都子の心持ちがわかるようでわからない。いずれにせよ、大きな夫婦喧嘩になることは必至だった。これが横浜の開業に影響しなければいいのだが。志都子が拳固《げんこ》でドアを叩いた。

「中にいるのはわかってるのよ。開けなさいよ」

「社長、隣近所に迷惑がかかりますから、お静かに」

山瀬は志都子に注意したが、志都子の耳には入らないらしい。後藤が妙に甘い声で言った。

「社長、鍵開いてるみたいですよ」

「ほんとだ」

志都子がドアを大きく開けた。微《かす》かに、生ゴミの腐臭がした。志都子は構わず、ずかずかと入って行く。しばらく無音だった。その後、中から大きな悲鳴が聞こえた。外で待っていた山瀬は、後藤と顔を見合わせた。志都子が裸足のままで転がり出て来る。

「どうしよう、どうしよう。あの人、死んでるの」

六十五歳だからなあ、そういうこともあるだろう。山瀬はどこかそんな想像もしていなくはなかった自分の心に驚き、志都子を後藤に任せて部屋に入った。カーテンが引かれているせいで、廊下には薄らぼんやりした午後の光が射している。奥に向かうに従い、生ゴミの腐臭がはっきりした悪臭に変わっていく。さあ、どんな風に死んでるんだ。俺を驚かすなよ。山瀬は勇気を振り絞った。悲しみや驚きはなく、斎場のことなど今後の算段を考えている。

おっかなびっくり、突き当たりのリビングを覗いた山瀬は、テーブルに突っ伏して死んでいる二人の男女を見て、やはり大声を上げてしまった。浩史とネイルサロンの女だった。二人は普段着のまま、自身の吐瀉物《としゃぶつ》に顔を埋めるようにして死んでいるのだった。心中かよ。人は思いがけない死に様を見せるものだ。急に怖ろしくなって、山瀬の足ががくがくと震えだした。

7 彼女は荒れ狂う

「亭主に心中された女房なんて、普通、立つ瀬ないもんじゃない。だけど、ここの奥さんは頑張っているよね。あたしはさすが女社長だと感心したわ」

「あれは辛抱我慢してるんだよ。屈辱を屈辱と思ってしまったら負けじゃないか。あたしの知り合いもね、同居している自分の親が危篤だっていうのに亭主に連絡が取れなくてね。結局、親が死んだ晩は、一人きりだったらしいのよ。寂しかったと思うよ。なのに亭主は、のこのこと朝帰りでさ。遺体の方が先に帰ってるんだから、どうしようもないじゃない。勿論《もちろん》、女のとこに行ってたのよ。そりゃ、亭主も間の悪さにびっくりしただろうけど、奥さんはショックよね。親に、死ぬ間際まで心配の原因《タネ》作っているんだからさ。通夜じゃ、みんながそのこと知ってるから、亭主に冷たく当たってね。ざまあみやがれというか、切ないというか、まあ大変だったわよ」

がちゃがちゃと食器を洗いながら、手伝いの女たちがお喋りしている。ホテルの厨房のパートタイマーが、葬式の来客のために台所の下働きとして動員されていた。本来ならば、大きな斎場で盛大に営まれるべきネオシティホテル・グループの総帥の葬儀だが、浩史の死が心中によるものだと判明したので、通夜も葬式も自宅でひっそりと行われることになったのだった。心中と聞いて、弔問客も遠慮してさっさと帰るから、長《なが》っ尻《ちり》の客はいないが、やたら慌しい。マスコミが聞き付けたらしい、というので、大勢の男性社員が玄関と裏口の警戒に当たっていた。営業本部長が手回し良く、ネイルサロンの女の葬儀の方にもマスコミ対策で社員を行かせたと聞いたが、このことは志都子には内緒だった。黒いスーツの上から割烹着《かっぽうぎ》を着けた太った女が唇を尖らせた。

「じゃ、屈辱はむしろ亭主の方じゃない」

「違う違う」二人の女が、同時に抗議した。いずれも四十代後半である。「奥さんの方に決まってるわよ」

「夫婦ってなかなか壊れないもんだね」

太った女が見当外れのことを言う。

「そうそう」

「あたしの知ってるとこじゃね」髪を今時流行《はや》らないワッフルにした痩せた女が口を挟

んだ。「奥さんの葬式でえらく泣いた亭主がいてね。まだ若い夫婦だった。奥さんは四十前だったもの」

「何で亡くなったの」

「子宮ガンよ」

あらあ、と人の好《よ》さそうな女が声を上げた。

「亭主が皆の前で泣きじゃくってね。『公子が忘れられない。これからは何でも、天国の公子に相談して生きていきます』って言って健気《けなげ》でさ。公子って亡くなった奥さんの名前。客も貰い泣きしたのよ。半年後にあたしの友達が亭主がどうしてるか気にして、電話してみたんだって。そしたら、赤ちゃんの泣き声がするの。驚いて問いただしたら、もう再婚して子供も生まれたって言うのよ。つまりは、奥さんが死の床にある時から、次の女が妊娠していて、奥さんにも打ち明けて許して貰ったって」

「許して貰ったって言うけど、男の自己正当化でしょ。あたしは許せないね」

「うん、許せない」

「でもね、公子さんて人は子供いなかったから、亭主が新しい女に妊娠させたのを知って祝福して死んでいったという訳よ」

「あんまりだよ」

「うん、あんまり」

「ところでさあ」と、急に声が潜まった。「ここのお手伝いさんて、すごく鈍くない？　客用の食器とか収納場所も知らないし、知識もないみたい。茶托《ちゃたく》って言葉も知らないのよ。何であんな人が社長の家にいるんだろうって他の社員も言ってる」

「来たばっかりで知らないんじゃないの」

「違うよ。あれは客用か普段遣いかの区別も付かないんだと思う。気取っているけど、育ち悪そうじゃない」

開いたドアの隙間から台所を覗いていたアイ子は顔色を変えた。何が頭に来ると言って、育ちが悪い、と言われることが一番だった。怒鳴りつけてやろうかと思ったが、葬式の席で騒ぎになったら、追い出されるのはこっちだろう。折角、又勝志都子の家に潜り込めたのだから、ここはおとなしくしていた方が得策だ。背後から小さな足音が近付いてきた。

「ここで何してるの」

安史が立っていた。幼児用の黒いスーツを着た安史は、志都子手ずからムースで薄い髪を撫で付けられている。こうすると死んだ浩史にそっくりだわ、と志都子が泣きじゃくっていたが、無論、アイ子は浩史に会ったことなどないので、何の感慨も湧かない。ただ、こまっしゃくれて可愛くなく思えるだけだった。

安史の服は、秘書の田川が急いで日本橋髙島屋に買いに行った高級子供服だ。ミキハウスだか何だか、ブランド名を聞いたがすぐに忘れてしまった。だいたい、すぐに大きくなる子供に十万近い服を買ってやるなんて、頭がどうかしている。自分なんか、星の子学園ではいつもお下がりだったし、お下がりがなければ、ナフタリン臭い寄付の服を着せられていた。それも一番可愛い服は美佐江先生みたいなえこ贔屓《ひいき》する先生が可愛がる子供にやってしまうから、アイ子にあてがわれるのはサイズが合うだけの、犬も着ないような趣味の悪い服ばかり。サイズが合うならまだしも、男の子用の服を着せられたこともある。

星の子学園に来る前は、何を着ていたのかも定かではない。多分、置屋の「母さん」が買ってくれたはずだが、一年中同じ服を着ていた記憶がある。肌着とズボンとセーターの組み合わせ。つんつるてんになるまで着て、着られなくなればやたら大きいのを買って貰って袖口を折って着ていたっけ。たまにお姐さんたちが買ってくれることもあったが、機嫌を損ねると後で取り上げられて裸で放り出されたり、どぶに捨てられたり嫌なこともされた。娼婦たちは気まぐれで、優しかったり荒《すさ》んで苛《いじ》めたりするから要注意だった。だから、こんなに世渡りがうまくなったのさ。アイ子は一人笑いをした。

「何してたの」

答えないアイ子に苛立《いらだ》って、安史はフローリングの床を小さな足で蹴った。真っ白な靴下を履いているのが何となく癪《しゃく》に障った。威張りくさって生意気なガキだ。志都子の愛を一人占めして。アイ子はたった三歳の安史に敵意を持って睨《にら》み返した。気配を察して、台所の中は急に静まった。座敷からは、眠くなるような読経のテープがひっきりなしに流され、手伝いの社員が駆けずり回っているのが見える。アイ子は安史をからかった。

「それよっか坊ちゃんこそ何してるんです。あっちに行ってお経上げなきゃ駄目じゃないですか」

「バカ」と安史は回らない口で罵倒《ばとう》した。「お経を上げるのはお坊さん。僕は子供だからできないの。それに、坊ちゃんじゃないよ。僕はヤッちゃん」

「あのねえ、坊ちゃん。ヤッちゃんて言うと、普通ヤクザのことですよ。ヤクザって知ってます？　坊ちゃんの指切っちゃう怖い人たちですよ。すごおく痛いんだって」

アイ子はにやにやしながら、安史の小さな手を取って小指を切る真似をした。安史が薄気味悪そうに大人びた仕種で眉を顰《ひそ》め、指を引っ込めた。声がだんだんと弱まった。

「おばさん、誰。いつ来たの。富美さんはどこに行ったの」

「富美さんて前のお手伝いさんですか。車に撥《は》ねられて死んだそうですよ」

安史が自信のない顔をして、不安げに後ろを振り向く。

「死んだのはお父さんだって、ママが言ってたけど」

「どのママですか。坊ちゃんにはママが沢山いるんでしょう」

「沢山なんかいないよ。二人だけ。ここの家のママは会えるけど、お店やってるママには会えないの」

「おや、変ですね。普通の子はね、ママは一人だけなんですよ。もしかして、坊ちゃんの本当のママはどこにもいないんじゃないですか」

痛いところを突いた、という手応えがあった。安史はくしゃっと顔を歪め、踵《きびす》を返して廊下を走って行ってしまった。いい気味。金持ちというだけで楽ちんな人生なんだから、少しは苦労すればいい。あたしなんか、星の子学園でだって、「アイ子のお母さんはどんな人かわからないんだってさ」と囃《はや》されて悔しい思いをしたんだから。一生懸命、靴の箱を見せて証明したけど、誰も馬鹿にするのをやめなかった。皆、母親や父親の写真を持っていたからだ。

星の子学園にも序列があった。両親が揃って生きているけど、事情があって一緒に住めない奴が一番偉くて、二番目は母親がいるけど、事情があって一緒に住めない奴、三番目は父親がいるけど、事情があって一緒に住めない奴、四番目が両親共いないけど、祖父母がいて愛されていることがわかっていて事情がある奴、五番目が、誰もいないけど、両親がいたことを証明できる奴。六番目はあたし。何もない子供。「アイ子はお母さんの写真もないんだぜ」と言ったのは上級生の男子だった。卒園してからそいつのアパートに行って、火を点けてやったが、大火傷《おおやけど》をしながらも生きてるって聞いたのは残念だった。火はあたしの大好きな味方だ。火を点けてしまえば何もかもが焼けてなくなる。

「アイちゃん、ちょっと」

座敷から、よたよたと志都子が現れた。ショックと心労で一睡もできなかったという志都子は、シャネルの黒いスーツを着て、家の中なのに帽子を被って黒いベールを垂らしている。小柄なので帽子もスーツも似合わないが、泣き腫《は》らした目を隠してくれるからいいのだ、と言って聞かない。志都子の後ろから、営業本部長の山瀬がくっついて来た。昨日、会長の遺体の搬入の時にも付き添って来たが、これ見よがしに泣いてみせる嫌な奴だった。アイ子を胡散臭《うさんくさ》そうに見るので、警戒は怠れない。

「アイちゃん、着替えるから手伝ってちょうだい。これから全ホ組合の高石会長夫妻がお見えになるんだって。これじゃカジュアル過ぎるような気がするのよ。どう」

「はあ、いいと思いますけど」

だが、志都子はアイ子の意見など無視して、二階に上って行く。じゃ、聞くなよ。そう思いながら、アイ子は志都子の後から階段を上った。途中で振り返ると、山瀬がきつい目付きでアイ子の背中を睨んでいた。何だよ、このおっさん。危険信号、危険信号。アイ子の動物的勘が警報を発しかけたが、二階のすぐ右手にある志都子の寝室に足を踏み入れた途端、豪華さに目を奪われて忘れてしまった。

「あなた、大変だわね。一昨日《おととい》来たばっかりなのに、お葬式だなんてねえ」

志都子は溜息を吐《つ》いて労《ねぎら》い、帽子を取った。薄くなった髪が目立ち、老婆のようだった。少女趣味というのか、広い部屋は花柄の生地と白い家具とで埋まっている。素早く部屋を見回したアイ子は、部屋に男気がないことを確認した。志都子はピンクのカバーが掛けられたベッドの上に帽子を放り投げて、自分も仰向けに横たわった。

「悪いけど、この帽子仕舞っておいて」

「はい、奥様」

返事はしたものの、どこに仕舞えばいいのか見当も付かない。試しに壁に備え付けられたワードローブのドアを開けてみたが、ぎっしりと色鮮やかな服が掛かっているのに仰天した。どれを盗んだら一番得をするのか、それもよくわからない。

「帽子の箱はその上よ。CHANELと書いてあるでしょう」志都子はベッドに寝転がったままマールボロに火を点け、ぼんやりと天井を見ている。「ついでにね、箪笥《たんす》の上に宝石箱があるから、下の引出しからジェットのネックレスを出してくれない。高石さんの奥様と一緒にヨーロッパに行った時に買ったものだから、着けないと悪いわ」

ジェットが何かわからなかった。適当にじゃらじゃらしたネックレスを取り出した。ひと目見るなり、志都子は首を振る。

「ジェットは黒い石よ。アンティークのネックレス。わからないのは無理もないけど、そのくらい覚えてちょうだいよ。お葬式なんだから常識でしょう。あなた、お通夜の時、お茶出しの順番も間違えたでしょう。その歳で常識ないとしょうがないわよ。これまで、いったいどういう生活してきたのか、初七日過ぎたら伺わせていただくわよ」

「はあ」

「はあ、じゃないでしょう。はい、でしょう」

憎しみが滾《たぎ》った。「どういう生活してきたのか」と「育ちが悪い」は、同義語ではあるまいか。それに、徹底的にメイド扱いされることに腹が立った。アイ子の心のどこかに、又勝志都子に対する憎しみと憧れがあった。自分をさんざんこき使ってきたホテル業界に君臨する志都子、それは気に入らない。だが、志都子はアイ子が一度も会ったことのない女だった。自分を雇い入れた時の決断の速さ、孝子への怒り、浩史への愛と憎しみ。すべてが激しいので、脇で見ているだけで面白かった。志都子からは、常に感情のマグマがどろどろと渦巻いている熱気が伝わってくる。他人に委細構わず、自分の感情しか大事にしない強烈な女。一昨日、アイ子はメイド部屋として与えられた階下の六畳間で、生まれて初めて羽布団というものにくるまれながら、志都子が自分の母親だったら、というあり得ない夢を抱いて眠ったのだった。自分があの糞《くそ》生意気な安史だったらいいのに。まだたった三歳の安史にまで嫉妬して、アイ子の欲望は大きく、ぱんぱんに膨らんでいたのだ。アイ子は表情に出るのを押し隠して、形が潰れるのも構わず、帽子を丸い箱に押し込んだ。志都子は起き上がって煙草をくわえたまま、自ら宝石箱を覗いている。

「ないわ。ジェットがない。どうしてかしら」

アイ子を見遣《みや》った目に、一瞬疑惑が湧くのを認め、アイ子はうんざりした。まだ、やってないのに。

「富美さんとかいう人が持って行ったんじゃないですか」

志都子がきっとなって言った。

「言っとくけど、富美さんは十年以上も働いていたのよ。そんなことする人じゃないわ」

「奥様、人が好いんですね」

「何よ、その言い方。あなた、この部屋入ってないわよね」

「奥様、あたしは一昨日来たばかりで、奥様のお部屋には、今日初めて入ったんですよ」

アイ子はわざと悄気《しょげ》て見せた。

「そうよね、ごめんなさい」志都子は謝り、胸に手を当てて何かを思い出そうとしている。「前に着けたのいつだったかしら。誰のお葬式だっけ。思い出せないわ。ああ、どうしよう。そうよね、わからなくたっていいわよね。急に亭主が死んじゃったんだから取り乱したっていいわよね。いくら経営巫女だって、亭主が愛人と心中しちゃったんだもの、頭がおかしくなるのしょうがないわよね。こんな人生、サイテーよね」

志都子が延々と独り言を呟くのでアイ子は気味が悪くなったが、何もすることがないので突っ立っている他ない。志都子はクリスタルの灰皿で煙草を揉《も》み消した。

「アイちゃん、今日はお葬式だからやっぱり着物にしようかしら。急いで長襦袢《ながじゅばん》に半襟付けてくれない。和箪笥に入っているからすぐわかるはず」

「半襟ってどうやって付けるんですか」

「ああ、そうよね。あなたは常識ないんだったわね。じゃ、いいわ。ホテルの着付け係を呼ぶから。富美さんがいればねえ」

志都子はむっとした様子で言った。だったら最初からそうすればいいじゃないか。どうせあたしは常識がないよ。育ちが悪いよ。それに、ふた言目には「富美さん」て言うのはどういう料簡《りようけん》だ。あんたが追い出した癖に。

「じゃ、あたしはこれで失礼しますから」

アイ子が部屋を出ようとした時、志都子が言った。

「ごめんね、あなたに当たって。あたし、ちょっと今日は変なのよ。富美さんはもういないんだから、こんなこと言ったって仕方がないわよね。あなたはヤッちゃんの面倒を見ててちょうだい。それだけでいいわ、充分。あの子はとても大事な子なの。跡取りなんだから、誰にも奪われないようにしっかりと見張っていてよ」

「わかりました」

あのガキの面倒を見るだけなら楽だ。少し世間を教えてやろう。アイ子の暗い復讐心と嫉妬は、まっしぐらに安史に向かっていた。ドアを開けた途端、アイ子は大柄な女の胸板にぶつかった。一昨日、出て行ったはずの富美が立っていた。堂々たる体躯《たいく》の、見るからに傲岸《ごうがん》不遜《ふそん》な奥様然としたお手伝い。富美は黒いワンピースを着て、白いハンカチを目に当てている。富美はアイ子など目にも留まらぬ様子で志都子に呼びかけた。

「奥様、富美です」

ドアが大きく開いて、泣き顔の志都子が現れた。

「ああ、富美さん。よく来てくれたわ。浩史がねえ、とんだことをしてくれたの」

「知ってますよ、奥様。もう何も言わないでもいいです。あたくしが馬鹿でした。奥様を置いて出る、なんてことをして」

富美の大きな胸に抱かれ、志都子が泣きじゃくっている。畜生。アイ子は、二人を放って階段を下りかけたが、思い直して戻り、ドアに耳を付けた。

「え、そんなこと言ったんですか、あの女。怪しいですねえ。ちゃっかり潜り込んで何を企んでるんでしょうか。ジェットを盗ったのもきっとあの女ですよ。他にもなくなっている物がないか調べた方がいいです」

「いいわよ、お葬式の後で」

「奥様。旦那様は本当に心中だったんですか。あたくし、とても信じられません。あれほどの女好きが心中して死ぬなんてねえ。旦那様って、どこまでも女という夢を追い求めているような人だったじゃないですか」

「でも、側に遺書があったのよ。女を道連れに農薬飲む、と書いてあって。警察の人の話だと、ネイルサロンの女に男が出来たらしいの。それで別れ話にかっとなったとか言ってたわよ」

その噂はアイ子もとっくに仕入れていた。通夜の席上で何気なく耳を澄ませていれば入ってくる。

「最後に奥様を裏切るなんて酷《ひど》い旦那様だわ。奥様お気の毒です」

またしても二人が嗚咽《おえつ》する声が聞こえてきた。

「もっと酷いことがあるのよ。今日、金庫を開けたら浩史の遺言状が出て来たの。そこに何て書いてあったと思う」

「何ですか、奥様」

「全部、安史に譲るって」

「ヤッちゃんは子供じゃないですか」

富美の素《す》っ頓狂《とんきょう》な声が廊下に響いた。そうか、あのガキはそんなに価値があるのか。

「あの子はとても大事な子なの」と言った志都子の言葉が蘇った。だったら、あたしが奪ってやろうか。富美が帰って来た以上、ここにはいられそうもないし、皆の愛情を一身に集める安史が憎かった。アイ子の体中の血が久しぶりにざわざわと騒ぐ。悪事の前の戦《おのの》き。アイ子は安史を探しに行こうと階下に下りた。廊下にはまだ山瀬が立っていた。

「松本さん、こんな時に何ですが」

「あたし、急いでるんです。奥様の言い付けでね」

押し退《の》けようとしたが、強引な力で山瀬が押し戻した。あれ、とアイ子は思った。何からまくいかないぞ。手伝いの女たちの噂もやばいし、ジェットとかいう、なくなったネックレスも謎だった。すべてが思い通りに進まない苛立ちを感じるのは、どういう訳だろう。山瀬がどすの利いた声で囁《ささや》いた。

「松本さん、社長がお手伝いに雇い入れた経緯は聞いていますが、私は甘い人間ではありません。あなたを雇用するに当たって、まず履歴を伺いたいと思います。あなた、ここに来る前は何をしていたんですか。社長に聞いたところによると、あなたは家出した主婦とかいう話だけど本当かな」

「はあ」何と話したっけ。自分の吐《つ》いた嘘を一言一句なぞらなくてはいけなかった。アイ子は思い出しながらゆっくり答えた。「私の主人は焼肉屋で住み込みで働いてまして、私は喧嘩して飛び出して来たんです」

李さんの厳《いか》つい顔が目に浮かんだ。助平の李さんは今頃何をしているのだろう。

「どこの焼肉屋さん？　屋号と場所言って」

山瀬は横柄だった。偉そうなおっさんやな。どついたろか。

「ビバホルモン。神田」

口から出まかせだったのに、山瀬は真剣な表情で手帳に書き留めている。

「ホテルに勤務したことは」

「ないです」

「ホテルメイドとかしたことは」

「だから、ないって言ってるじゃないですか」

警戒警報。アイ子は逃げるルートを確保しようと玄関の方を眺めた。社長秘書の田川がこちらに歩いて来る。まだ若い男で、仕立ての良い黒いスーツに身を固めているが、態度がふて腐れているのはなぜだろう。

「本部長、高石会長の車着きましたよ」

「あ、そう。田川さん、先に挨拶してってください。僕、すぐ行くから」

「はあ、いいすけど。オヤジのああいう死に方、恥ずかしいすよね」

「田川さん、私情はあとに。ここは頑張ってやり抜くんだよ」

「わかってますよ。わかってますけど、何か馬鹿らしくなって。オヤジの遺言聞きました？　あんまりじゃないすか。俺、財産が欲しい訳じゃないすよ」

まあまあ、と山瀬が取りなすように田川の胸元を押さえる仕種をした。山瀬の額に汗が浮いている。自分に聞かれたくない話なのだ、とアイ子は気付く。オヤジということは、田川も浩史の子供なのか。アイ子の疑念をよそに、田川はちらりと階上を見た。富美に手を取られ、志都子が階段を下りて来る。富美はアイ子の視線を感じたらしく、知らん顔で横を向いている。このアマ。自分がネックレスを盗んでおきながら、あたしのせいにしやがって。志都子が田川に向かって言った。

「シンちゃん、悪いけど、あんたのお母さん、今日は来ないでって言ってくれる。他の女たちも来ちゃ嫌だからね。特に孝子。安史を奪われたら大変。山瀬さん、うちには一歩も入れないでちょうだいよ」

「社長、それは無理ですよ。大人げなくないですか」

「どうせ、あたしは大人げないわよ」

志都子はヒステリックに叫んでまたも泣きだした。

「はいはい、わかりました。奥様、ちょっと休みましょうね。お部屋に戻りまちゅよ」

幼児に向かってするように富美があやし、二人はそろそろと階段を上り始めた。富美は取り乱した志都子を人前に出せないと判断したらしい。アイ子は鼻で笑った。突然、山瀬が懐から紙を取り出してアイ子に見せた。

「松本さん。実は一昨日変なファクスが来ましてね。私もまさかと思うけど、不幸な出来事が起きたんで一応注意してるんですよ。会長が死んだのも、こいつが殺したんじゃないかと疑えてきてね。いや、もう疑心暗鬼ですわ。申し訳ないけど、葬儀が終わるまで、この家を出ないでいただきたい」

ファクス用紙を手に取ったアイ子は驚きのあまり、腰を抜かしそうになった。誰かが自分のことを知っている。どこかに密告者がいて、あたしの動向を探っている。どこのどいつだ。さすがに顔色が沈んだのか、山瀬が阿《おもね》るように言った。

「ね、あなたも気持ち悪いでしょう。悪い悪戯《いたずら》だと思うけど、何か気になってね。すみませんね。見たところ、あなたにこんなことする度胸はありそうにないけど。でもまあ、人は見かけによらないっていうし」

疑心が生まれたところには、まずい事態しか起きない。すべてが疑われた者の仕業になる逆転現象。アイ子はかつて逃げ出して来たホテルや家での出来事を思い出した。危機一髪のトンズラばかり。だが、この家はたった三日ですでにやばい事態になっている。密告の手紙のせいに違いない。早く逃げ出して、誰があの手紙を書いたのか突き止め、息の根を止めなくてはならない。

アイ子は、安史の部屋を覗いた。安史は口を半開きにし、夢中でアンパンマンのビデオを見ていた。アイ子が入って来たことにも気付いていない。

「ヤッちゃん」

アイ子は猫撫で声を出した。「何か用」と、安史は無愛想に返事した。

「ヤッちゃん、ママに会いたくない？」

「え」安史は振り向いた。顔が期待で輝いている。「ママって言ってもね。ヤッちゃんの本当のママ。おばさんだけが知ってるんだよ」

「会いたい」

安史は立ち上がった。白いソックスがずり落ちている。

「じゃ、おばさんと一緒に探しに行こう」

アイ子は安史の手をしっかりと握った。

8 言葉にできないほどの孤独

アイ子は電車に揺られながら、滅多にしないし、あまり得意ではない思考を巡らせていた。安史は座席にもたれて眠りこけている。連れ回るうちに、真っ白だった靴下は薄汚れてきていた。高価な幼児用喪服スーツの前身頃《まえみごろ》にはジュースの染みが付き、後ろホックで留める蝶ネクタイが垂れ下がった、だらしない姿になっている。JRの車内は混んでいた。前に立った老女の二人連れが、安史を話題にしているのがアイ子の耳に入った。ハイキングにでも行ったのか、スニーカーを履き、貫禄あるリュックを背負った元気な婆さまたちだ。

「ご覧よ、可愛い」

「ははは、よく寝てるね」

「汚れてるけど、洒落た格好してるじゃない。これ高級品だよ」

「あんたのお子さん？」

老女の問いかけに、アイ子は癖になった愛想笑いと曖昧《あいまい》な頷きで誤魔化した。適当に笑いを浮かべていれば、どんな時でもやり過ごせる。

「幾つ」

さあ。連れているのに首を傾げるアイ子が薄気味悪かったのか、老女たちは顔を見合わせて黙ってしまった。放っておいてほしかった。アイ子の脳味噌は、常に目先のことしか考えられない構造になっている。今やるべきは、危険を避ける本能に則《のっと》った行動、原理。過去に戻ることだった。アイ子に都合の悪いことを喋ったり、書いて送り付けたりする奴を探し出して消すことだ。消しゴムで消さなければ、ノートはもう一度使えない。新しいノートを買って貰えないアイ子は、何度も消して使っていた。うまく消せないとノートは汚くなって、やがて破れる。そのうち、どうせ消すのなら最初から書かない方がいいと気付き、授業中もノートを取るのはやめにした。そのせいだろうか、アイ子は知識や経験を蓄積して思考する習慣を綺麗さっぱり忘れてしまったのだ。うだるように暑い真夏、洋服着たって汗になるだけだから洗濯するのが馬鹿らしいよ、と娼館のお姐さんたちもスリップ一枚だった。あれと同じじゃん。

過去と現在を行ったり来たりして、過去の伝《つて》を利用し、利用し尽くした後は要らないから消す。そうすれば常に真っ白なノートでいられるから、自分の痕跡は辿《たど》られない。だって、人間はたった一人じゃ生きられないもん、だから、昔の人間関係を利用しなきゃならないんだもん、でも、その人たちって所詮《しょせん》他人だから何かと面倒なんだもん、面倒になったら、誰かに喋ったりするから始末しなくちゃならないんだもん。そうそう、そうなのよ。と、アイ子は簡単に結論に達した。それがアイ子の生き抜く知恵だった。

こんな時に、ふっと想像するのは、相手が他人でなく、血の繋がった人間ならどうなのか、という仮定だった。子供の頃、青空を見上げ、この空の下のどこかに自分の本当の家があり、そこにお父さんやお母さんという人々がいて自分を待っている、という望みを持ったことがあった。もし、真新しいノートがふんだんにあって、消しゴムで消さなくてもいいのだったら、自分が書いたことや勉強したことが残って、積もり積もって、別の人間になれるかもしれない、なんて経験したことがないからわからないけど、何かそんなものが自分のために役立つのかもしれない。もし、自分にお父さんやお母さんという人がいても、利用して邪魔になったら抹殺できるのかしらん。

眠りこけた安史がアイ子に寄りかかった。汗ばんだ掌が触った。アイ子は子供が嫌いだ。目立たないように押し戻す。安史は電車に乗れると喜んだのも束の間、すぐに「ママ、ママ」とめそめそ泣いてアイ子を手こずらせたのだ。お蔭で席を譲っては貰えたが、文句ばかり言う忌々《いまいま》しいガキだ。自分が安史の年頃だった時は、ほとんど言葉なんか喋れなかったのに、安史はたった三歳なのにぺらぺらとよく口が回る。アイ子は憎々しげに安史を眺めながら、唇の端を指で掻いた。

降りる駅が近付いて来た。アイ子は立ち上がり、網棚に置いた荷物を取った。安史をこのまま置いて行きたかった。安史を連れ出したのは、富美を選んだ又勝志都子に対する嫌がらせと、幼い安史への嫉妬でしかなかったから、すでに安史の存在が邪魔で仕方がない。だが、前に立っている老女たちに話しかけられてしまったので連れて行かない訳にはいかなかった。仕方なく、アイ子は安史を揺り動かした。

「起きな。次だよ」

安史は目を擦り、鈍そうな顔で周囲を眺めた。どこにいて、何がどうなっているのか。幼い安史には、状況が全く認識されていない様子だ。アイ子はまだぼんやりしている安史の手首を乱暴に摑み、立っている乗客を掻き分けて扉に突進した。痛いよ、と安史が文句を垂れるのも構わず、ホームに降り立ち、急ぎ足で歩く。隅田川の臭いがしていた。昔、エミさんから聞いた娼館名「ヌカルミハウス」。アイ子はそこに向かっていた。

ヌカルミハウスの住所は知らない。だが、幼い頃の記憶を総動員し、動物的勘を働かせながら、アイ子はビルのほとんどない、平べったい街を歩いている。むずかっていた安史も、アイ子の迫力に気圧《けお》されたらしく必死に付いて来た。だが、昔の記憶はまるで上書きされたように新しい街並みに消されてしまい、行き着くことはおろか、今居る場所さえも定かではなかった。アイ子は溜息を吐《つ》き、蕎麦屋《そば》だの煎餅《せんべい》屋だのはんこ屋などがまばらに続く、どこか鄙《ひな》びた商店街をうんざりして眺めた。

「おばちゃん、どこに行くの」安史がおずおずと聞いた。「僕のママのところに行くんじゃないの」

「そうだよ。本当のママのところに行くって言ったでしょう」

「誰のママ」

安史の幼い頭脳も問題に行き着いたらしい。アイ子は袖口で汗を拭いた。

「誰のだっていいじゃん」

「僕、疲れた。お喉も渇いたし、お家に帰ってゲームボーイしたい」

「お喉が渇いた？　上品だねえ。じゃ、退屈しのぎに、あたしがあんたくらいの時に何があったか、話してあげるよ」

安史は意を決したように身構えた。子供なりに生半《なまなか》な話ではないと思ったのだろう。

アイ子は安史の手をしっかり握って、思い出を探り始めた。

「あたしが最初に覚えているのは、長い廊下を蹴られながら移動している自分さ。あたしが自分で動いているんじゃないんだ。蹴られて転がって玄関先に向かってるんだよ。蹴っているのは、娼婦のお姐さん。名前はヤスコ。あんたなんか要らないんだよ、この穀潰《ごくつぶ》し、居候《いそうろう》、ええい目障りだ、どっかに消えちまえ、死んじまえってね。ヒステリーっての？　それを起こしていて、暴れ狂ってたんだよ。そのお姐さんは十八くらいの歳だったんだと思うけど、娼婦って仕事が嫌で堪《たま》らない上に客が寄りつかないブスだから、朋輩にもいびられてね。あたしに折檻《せっかん》することで憂さを晴らしていたのさ。集団就職で東京に来て、工場がきついからってこの仕事に入った癖に、ぶうぶう文句ばっか。最低の女だったよ。あたしは小さいから、ころころボールみたいに転がってさ、玄関の三和土《たたき》に落ちた。三和土って言ったって、あんたの家みたいにぴかぴかのタイルが敷かれた豪華な玄関じゃないんだ。冷たいコンクリートの打ちっ放しだ。サンダルやら女物の靴が沢山あって、散らかっていた。あたしは、とりあえず下に落ちたから、もう蹴られなくていいと子供心にほっとしたよ。そしたら、ちょうど玄関の戸が開いて、お客が入って来たの。二人の土木作業員みたいなおっさん。気の荒い客は臭《くさ》いからすぐわかる。焼酎とヤニと脂と汗が混じった嫌なにおいを発するんだ。その客が入って来た途端、あたしを蹴ったお姐さんはにこにこと商売顔をしたけど、お客は、転がって蹲《うずくま》っているあたしを見て嫌な顔をした。何だ、このガキって。辛気臭《しんきくさ》いと思ったんだろうね。気分が殺《そ》がれたって言って、すぐに出て行ってしまったんだよ。お姐さんは、客を逃したって、あたしをサンダルで叩いた」

ヤスコは後で出会ったから、これ幸いと半殺しにしてやったけどね。エミさんのところで娼婦見習いをしていた時、のこのこ遊びに来たので、尾《つ》けて家を確かめ、後で放火してやった。亭主と愛犬が死んで、本人は大火傷だって。無論、アイ子はそのことを口にしなかったが、幼い安史にもただならぬ様子が伝わったらしい。安史は引きつった目をしてアイ子を見上げた。

「おばさんのお母さんは」

「いないよ」アイ子は即座に言い捨てた。「置屋の『母さん』はいたけどね。本当のお母さんじゃないよ、経営者。お姐さんたちを監督したり、上がりを掠《かす》めて暮らす人。これが強突張《ごうつくば》りで、嫌なババアだった。あたしはテレビを見たくて仕方がなかったのに、あたしが見ようとすると消すんだよ。仕方ないから、いない時にこっそり点けて見ていた。それがばれた時の怒りようったら、凄かった。まだ五歳のあたしに、電気代払えって言うんだから。ある日、『母さん』がテレビの物真似がうまくできたら見せてやるって言うので、あたしは必死に真似した。美空ひばりとか、三波春夫とかだよ。えらい受けてね。お菓子をくれた。あたしが物真似がうまいのはそのせいだ。やってみようか。むあっかにもーえたー、たいようだーからー」

アイ子は口ずさんだが、安史がつまらなさそうに呟いた。

「そんな歌知らない」

「だろうね。まだまだあるんだ、悲惨な話。あたしは『母さん』の部屋の押入れで寝かされてたの。雪が降って寒い日でさ。毛布一枚しかないから寒くて、ぶるぶる震えながら、『母さん』の布団に潜り込んだ。電気毛布をして、ぬくぬく寝てるんだもん。ちょっとくらいいいじゃないかと思ってね。そしたら、叩かれて畳に押し出された。入って来るんじゃないよ、気持ち悪い子だって。あんたは雪の中に追い出されるより押入れにいられる方がなんぼかましだろうがって」

置屋の「母さん」は当時、五十代半ばだった。元気で、吝嗇《りんしょく》で計算高かった。だったら、アイ子をさっさと乳児院にでも入れてくれれば簡単だったのに、なぜ置いておいたのだろうと不思議だった。が、後にエミさんに聞いてわかった。バイシュンボウシホウのせいだったというのだ。アイ子の生まれる六年前にその法律が出来て、取り締まりが厳しくなったから、アイ子を乳児院に入れれば、「母さん」は法律違反で逮捕されてしまう。ヌカルミハウスは知る人ぞ知る、秘密の娼館だったのだ。内緒だからこそ、アイ子は名前も戸籍も何もないまま、片隅でゴミのような扱いをされて捨て置かれたのだ。「母さん」が車に轢《ひ》かれて即死した日、あたしは自由になった。他人の死は自分を自由にするってことがわかったのも、あの日だ。他人の死は、ノートを真っ白に変える消しゴム。あたしは消しゴムの使い方がうまい。

「あれっ」

アイ子は思い出に耽《ふけ》っているうちに、いつの間にか握っていた安史の手の感触が消えてしまったことに気付いて後ろを振り返った。安史がガードレールの端に蹲って吐いていた。

「どうしたのさ」

「おばちゃんの話、怖い」

「悪かったね」アイ子は本気で腹を立てた。「あんたみたいな贅沢な子供の方が間違ってるんだ。どんな大人になるか楽しみだよ」

安史は電車の中で飲んだジュースを全部吐き出し、目尻に涙を浮かべている。

「おばちゃん、水欲しい」

アイ子は嫌々、自動販売機でアクエリアスを買った。これで何本目だと思ってるんだ。アイ子が半分飲んでから手渡すと、安史は吐瀉物の付いた唇にペットボトルを押し当て、ぐいぐい飲んだ。飲み終わって、今度は泣きだした。

「お家に帰りたい」

「どこのお家」アイ子は意地悪く尋ねる。「社長の家？　それともママの家」

ママ、ママ、ママのお家だよー、と安史は赤ん坊に戻ったみたいに激しく泣きじゃくった。通行人が怪訝《けげん》な顔でアイ子を見るので、仕方なくアイ子は安史の頭を撫でる振りをした。子供の髪は汗で額に張り付き、全身から動物めいたにおいがして気持ちが悪い。安史がアイ子の手を邪慳《じゃけん》に振り払うので癪《しゃく》に障った。しかも、安史はしゃくり上げてから、不安そうにアイ子の顔を見て、こう言うではないか。

「おばちゃんて気持ち悪いね」

「何だって、このやろ」

アイ子は本気で安史の頭をぽかりと殴った。安史が火が付いたように泣きだす。

「おい、大丈夫か」

籠《かご》に週刊誌や新聞紙をいっぱい積んだ、黒い頑丈な自転車が横で停まった。阪神タイガースの帽子から白髪をはみ出させた、色黒で太った男が、心配そうにこちらを窺《うかが》っている。

「大丈夫ですよー。行ってください」

アイ子が例の愛想笑いでやり過ごそうとしたのにも拘《かか》わらず、男は自転車を降りて近寄って来た。六十歳前後か。カーキ色の作業着上下を着ている。男は笑いながら、陽に灼けた手で安史の小さな肩を叩いた。

「何で泣いてるの。男の子は泣かないもんだよ」

決まり文句が新鮮だったのか、それとも助けと思ったのか、安史はぴたっと泣くのをやめた。

「ゲームボーイ忘れたもんでね。駄々こねているんですよ。ほんとにしょうがない子でしょう」

アイ子は澄ました顔で嘘を言った。安史はゲームボーイを懐かしんで、またべそをかいた。

「僕のゲームボーイ、ここにないの」

「ゲームボーイなんて、おじさんの家にもあるよ。おじさんの家は隅田川のほとりにあるから面白いぞ。ちょっと寄りなよ」

現金なもので、ほんと、と安史は顔を輝かせた。手こずっていたアイ子はさすがにほっとする。男は得たりとばかりに誘った。

「お母さんもどうぞ。あんたの荷物、サドルに載せていいよ。子供は後ろに乗せるからさ。悪いけどちょっと歩いてよ」

好都合だ。ヌカルミハウスには行き着けそうもないのだから、しばらく休ませて貰おう。アイ子は安史を荷台に乗せるために抱え上げた。

到着した先は、隅田川の堤防だった。川縁に青いビニールシートが掛かった家らしき物が幾つも並んでいる。何だ、このおっさん、ホームレスか。アイ子は呆《あき》れたが、男は自慢げに安史に説明している。

「おじさんはテントで暮らしているんだよ。カッコイイだろう。言うなればベドウィン族っていうのかね。彷徨《さまよ》える砂漠の民よ。あの水道水が皆の共通の井戸だ。ここはオアシスって訳。楽しいんだよ、ここは。夏になると死ぬこともあるけど泳げるし、釣りもやろうと思えばできる。時々、お金払わないで船に飛び乗ったりもできるし、台風が来ると無人島にいるみたいでスリルあるよ。こないだなんかね、仲間が一人溺《おぼ》れ死んだんだ。酔っ払っててね。向こう岸に行きたいって泳ぎ始めちゃってさ。一分も経たないでホトケ」

へえ、と安史は期待に満ちた目をした。男は女物の腕時計を覗き、アイ子に告げた。

「ちょっと待っててくれよ。夕飯調達してくるから」

暮れかかっていた。隅田川が夕陽に赤く染まっている。川の水は急にとろりと穏やかになったように見える。子供の頃、こんな景色を見たような気がしてアイ子は記憶を呼び覚まそうとした。だが、コンクリートの護岸が眼前に迫っているだけで、ここは味も素っ気もなかった。誰に聞けば、ヌカルミハウスの場所がわかるというのだろう。突然、アイ子はとんでもないことに気付いた。都合の悪い過去を消し回っているうちに、自分の過去を知る人々をすべて失ったという事実。エミさんさえ生きていれば、ヌカルミハウスに戻れると高を括《くく》っていたのだが、エミさんもあのアダムに殺されたみたいだし。こんなガキを連れてどうしたらいいのだ。アイ子は舌打ちして、安史を振り返った。

「そのおじさん、どの辺で死んだの？」

安史は泣いたこともけろりと忘れ、柵《さく》から身を乗り出して川面を指さしている。ジャケットはベンチに放り出したままで、蝶ネクタイはとっくになくしている。お坊ちゃまのなれの果て。今頃、又勝家は大騒ぎに違いない。志都子が慌てふためいている様を想像し、アイ子は人の悪い笑みを浮かべた。たとえ誘拐が大罪だとしても、逃げおおせればどうということはない。だったら身代金を取ってやれば良かった。それに返す返すも悔しいのは、ジェットとかいうネックレスを盗ったのは自分の仕業になっていることだ。富美に、自分の存在が利用されたことになる。腹が立ったアイ子は、安史を川に落としてしまおうかと後ろから近付いた。だが、声がかけられた。

「ただいま。はい、お土産」

男が戻って来て、自転車をテントの前に停めた。皺くちゃの紙袋から鮨折りを三つ取り出す。どれも賞味期限が切れていたが、気にしている風もない。男は得意げに鮨折りを木製のベンチの上に並べた。

「豪華だろう、お鮨だよ。坊やはお鮨だとどれが好きかな。トロか？」

男は真っ赤なマグロを指したが、安史は首を振る。

「これトロじゃないよ。マグロの赤身。僕が一番好きなのは、炙《あぶ》りだ」

「アブリって何」

「トロを火で炙るんだよ」

「知らないな。おじさんはウニが好きだよ」

男が箸で示した軍艦巻きを安史は軽蔑《けいべつ》したように一蹴《いっしゅう》した。

「ウニはね、蛸島《たこしま》水産のがいいんだ。本物はこんな色じゃない」

男は驚いて目を剝いた。慌ててアイ子に尋ねる。

「どこのお大尽《だいじん》の坊やだ」

「金持ちの子供なんだけどね、ちょっと訳ありなのよ」アイ子はもっともらしく、男の耳許で囁《ささや》いた。「夫婦仲が悪くてね。喧嘩が収まるまでしばらく預かってくれって頼まれたの。礼金は弾んでくれるはずよ」

男の目が一瞬、欲で眩《くら》んだのをアイ子は見届けた。あわよくば、炙りトロや蛸島水産のウニが食えるかもしれないと思っている卑しい目。安史は折詰めを開けて、イカから食べ始めた。ひと口食べて吐き出している。

「サビ抜きじゃないじゃない」

「じゃ、食うな。おじさんが食うから」

怒鳴り声に驚いて、安史がベンチで飛び上がった。脅しちゃ駄目よ、まだ子供じゃない、親切めかしたアイ子の助言に男は頷き、今度は猫撫で声を出した。

「坊や、おじさんが後で抜いてあげるからさ。海苔《のり》巻きから食べなよ」

安史は握り箸で海苔巻きを摘み、不味《まず》そうな顔で飲み込んだ。男の手がアイ子のジーンズの尻をそっと触った。

「俺はコテツっていうんだ。あんたの名は」

「どうだっていいじゃない」

アイ子はコテツの手を振り払う。油断も隙もないジジイだ。コテツはこたえない顔で笑い、アイ子の尻を触った手でマグロの握りを摑んだ。

「ネエさん、あの子、いつまで預かればいいんだ」

「二、三日で大丈夫。あたしがまた迎えに来るわ」

「あんたも泊まっていけばいいよ。俺のテントは一番大きくて夜露もしのげるからさ、この辺りじゃ御殿みたいなもんだよ」

コテツは、護岸に接して作られた、ひと際堂々としたテントを指し示した。二トントラックの荷台ほどもある大きさだった。青いビニールシートを掛けた段ボールの壁は紐で幾重にも補強され、大人が立てるくらいの高さもある。ついで、コテツのがさついた手がアイ子の手を取って自分の股間に誘った。

「俺のテントも凄いのよ。あんたどう？　俺しばらく女抱いてないからさ、飢えててね。精神的飢餓がいっちゃん怖いのよ、この商売」

本物の飢餓の方がよほど怖い。アイ子はうんざりしながら手を振り解いた。

「おじさん、幾つ」

「六十五だけど、まだまだいけるよ」

「その話じゃないよ。この辺に昔、ヌカルミハウスってあったの知ってる」

コテツは驚いた顔をした。

「知ってる。懐かしいなあ。本当は確か海菊屋《うみぎく》っていう旅館なんだが、皆、ヌカルミハウスって呼んでた。俺も何回か行ったことあるよ。俺は小間物《こまもの》商売失敗してさ、相撲茶屋の下足番やってたんだ。面白くないことばっかりで喧嘩もしたから、よく女遊びしたよ。吉原のトルコと並んでヌカルミハウスは通ったね。あそこは年増もいたけど、田舎出のネエちゃんなんかが沢山いてね、可愛かったし、からかって遊ぶには最高だった」

「そこに小さな女の子がいたの知らない」

アイ子はそう聞きながらどきどきした。コテツが自分の父親だったら、という、嫌な想像。しかし、この新たな想像は、かつて過去の暗闇を消し回っていた時に感じた必死さとはひと味違う甘美さを含んでいた。もしや、たった一人きりの自分に関係する人間を見つけることができるかもしれない。消しゴムで消さなくてもいいものに行き当たるかも。「知らねえな」コテツは首を傾げた。川の側に住んでいるせいか、体全体から潮のにおいがした。「俺はあそこのエミちゃんて女にぞっこんだった。いい体しててさ。ヌカルミなんかにゃ勿体無い、可愛い女だったよ」

もう死んだよ。変な宗教に入れあげて、挙げ句、ワリバシ男に殺されて庭土被って冷たく朽ちてる。アイ子はそう言いそうになったが、辛うじて堪《こら》えた。

「じゃ、この靴履いてた人、知らない」

アイ子はナイロンバッグから、古い靴箱を取り出した。箱は潰れ、蓋は破れ、白い靴は暮れた空に冴えなく沈んでいる。コテツはアナゴを食べながら、首を振った。

「俺は長く下足番やったから、退屈しのぎに靴からそいつの性格やら、金を持ってるか、精力が強いか、なんていろいろ考えたもんだ。だけど、女の靴なんて知らねえな。にしても、この靴は貧乏臭い。履いてた女は、センスも悪いし、金もないね」

悪かったね。アイ子は星の子学園で、井上さくらに靴のことを言われ、喧嘩した時のことを思い出した。だが、コテツを殺そうなんて思わない。今ここで消しゴムを使ったら、アイ子は昔の自分を辿れないからだ。

「おじさん、ゲームボーイ見せてよ」

安史が目を擦りながらやって来た。海苔巻きだけ食べて眠くなったらしい。

「明日な」

「どんなソフトがあるかだけ教えて」

コテツはソフトが何かわからないらしく、いい加減に頷いた。

「後で」

「さっきあるって言ったじゃない」

「じゃ、テントの中を見せてやるよ。面白えぞ」

安史は好奇心を漲《みなぎ》らせて、コテツの後を付いてテントに入った。すぐに安史はテントの中で眠ってしまうだろう。そして、コテツは数日間は安史の機嫌を取り、うまくやるだろう。報奨金を夢見て。その後は、仲間のチクリか巡回の警察官によって捕まるに決まっていた、幼児の拉致誘拐容疑で。そしたら、ヌカルミハウスについて尋ねた自分のところにも絶対追っ手が来る。その前に早く行って、知るのだ。母親の名を。そして、本当の密告者の名を。アイ子は靴箱を仕舞った。コテツがテントの入口を撥《は》ね上げて出て来た。二リットル入りのペットボトルを提げている。中には透明な液体が半分以上入っていた。

「あんた、鮨食べないのか。焼酎あるぞ」

どうせ捨てられた瓶の中から飲み滓《かす》を集めてきたのだろう。アイ子は肩を竦《すく》めた。

「あたしは要らない。それよっか、おじさん、ヌカルミハウスのあった場所を教えてよ」

「やらせてくれたら教えてやるよ」

コテツの目が、いやらしく光っていた。やだよ、こんなジジイ。不意に、アダムの顔が浮かんだ。邪魔だから殺してしまったが、あのセックスは良かった。ちょっと勿体なかったと思いながら、アイ子は取引に出た。

「あの子は五百万にはなるよ。その権利上げたのに、いいの？」

「わかった」コテツは渋々頷いた。「仕方ねえなあ。あんただって、こんなにもてる場所はここしかないだろうよ」

アイ子は相手にせず、早く早くと促した。

「この川っぺりを行くと、信号がある。そこを右に曲がって最初の角を左。するとクリーニング屋があるよ。『らいふ』って名だ。そこのオヤジが曲者《くせもの》でな。海菊屋が潰れた途端、その場所に店を建てたんだ。前はヌカルミの常連だったからな、何かうまいことやりやがったんだ」

「何て名前」

「佐々木だよ」

アイ子は隅田川の上流に向かった。小さな会社や倉庫が並ぶ地域だった。「らいふ」。一かつて、ヌカルミハウスのあった場所は、縦に細長い四階建てのビルが建っていた。一階は大きなクリーニング屋、二階以上は住まいになっている。軽バンが二台、店の前に停まり、煌々《こうこう》と蛍光灯が広い店内を照らしている。店は繁盛しているようだ。一人の老人がカウンターの中のエプロン姿の中年女を叱り付けている。女は項垂《うなだ》れている。あの老人が佐々木か。あいつに聞けば、あたしのお母さんが誰かわかるかもしれない。これが自分探しってやつ？　人並みじゃん。アイ子は未だかつて経験したことのない喜びと昂奮に捕われていた。

9　男に人生を預けてはいけない

「らいふドライクリーニング」の店主の妻、佐々木正代は、休みなしの家業と家事に追いまくられながら、一人娘の沙也加《さやか》にこっそり言い聞かせてきた。

「男に人生を預けてはいけないよ。自分で切り開かなきゃ、お母さんみたいになる」

「どうして」

幼い沙也加が聞き返すと、正代は店内で働く父親を指さした。

「お父さんをご覧」

沙也加は素直に父親の方を見遣《みや》ったが、いつも首を傾げるのだった。父親の信男《のぶお》と弟の頼男《よりお》は一卵性双生児で、実の娘の沙也加にも見分けが付かないほどよく似ていた。

「お父さん、どっち」

「さあ、どっちでもいいよ」

正代の不満は、「らいふドライクリーニング」が、ファミリービジネスによって営まれていることだった。それも、自分たち夫婦が中心ならば働き甲斐もあるというものだが、信男の兄弟親族が当然のような顔をして仕切っているのだから、面白くも何ともない。永遠の下働き兼お手伝い兼雑用係が、正代の役回りだった。

信男と頼男の兄弟は、顔、体付き、声、喋り方、すべてが瓜二つ《うりふた》だった。揃いの作業着を着て、黒のフレームの眼鏡を掛け、そっくりな仕種で動き回っているのを見た者は、決まって軽い目眩《めまい》を起こした。

兄弟は、互いの名の結合が表す「信頼」に結ばれたかのように、私服の好みも似ていた。信男がチェックのシャツに灰色のズボンを穿《は》けば、頼男は色違いのチェックのシャツに黒のズボン。顔に特徴があればまだいいのだが、目印がない上に、食べ物の好みが同じなので、太り方まで似ている。宅配サービスのために雇っているバイトのドライバーたちが、こっそりキム・ジョンイル一号、二号と呼びならわすほどに。しかし、どちらが一号で、どちらが二号か、誰も判別できないのだった。

注意深く観察すれば、染み抜き台の前で熱心に染みを抜いているのが信男、アイロン台の前で張り切っているのが頼男だろうと推量できるのだが、時々交代するから、正確ではない。正代は、「あんた」と夫に声をかけて、「俺は頼男だよ」と不機嫌に返される度に苛立《いらだ》った。真偽のほどがわからないからだ。自分が結婚したのは、佐々木信男というクリーニング業を営む男だったはず。なのに、ある日突然、そっくりさんが現れたのは契約違反ではないだろうか。

結婚話が決まった頃、頼男は家出していて不在だったために、正代は、信男に双子の弟がいることを聞かされていなかった。両国《りょうごく》のビヤホールでウェイトレスをしていた正代は、クリーニング店に勤める信男と知り合ってすぐ、結婚を申し込まれた。信男は、格好な物件が見付かったからクリーニング屋を自分で始めたい、なので急ぎ結婚相手を探している、あんたなら大丈夫だと思う、是非結婚してくれないか、と申し込んだのだ。自分のどこが大丈夫なのか、と考える慎重さも聡明さもなく、正代はまず物件を見に行った。元は海菊屋という名の旅館だったという上物《うわもの》はぼろぼろだったが、土地が六十坪程度はありそうなので、正代は後先考えず信男に惚れ込み、プロポーズを受けてしまった。無論、正代が惚れ込んだのは信男ではなく、六十坪の土地の方だったのだが。

だから、正代が沙也加に説教するとしたら、「土地に人生を預けてはいけないよ」と言うべきだった。しかし、正代は自分の強欲を忘れ、双子の兄弟を恨んでいた。最初から兄弟で開業すると言ってしまえば、正代が嫁に来ないから、頼男がいない振りをして自分を騙《だま》したのかもしれない、と。

頼男が家出したのは、たまには兄の信男から離れて暮らしてみたかった、という理由だったと聞いた。だが、名古屋のクリーニング屋に一年奉公しただけで、信男の元に舞い戻って来たところを見ると、最初から計画的だったように思えてならなかった。

正代は、亭主と見間違うほど似ている頼男が現れた時は心底驚いたものだ。新婚なのに、目の前に夫が二人いる不気味さ。しかも、性格も仕種もそっくり同じ。何度も間違ううちに、正代は二人の存在が次第に忌々《いまいま》しくなった。だが、疎《うと》んじたいと思っても、一人だとおとなしかった信男は、頼男が帰って来た途端に、権柄《けんぺい》ずくの夫に変貌してしまい、完全に正代を支配した。頼男も同じ性格だから堪《たま》ったものではない。正代はつくづく夫が、いや双子が嫌になった。

そのうち、正代は自分が双子の妻になったかのような錯覚を起こした。掃除も食事の支度も身の回りの世話も二人分。頼男までが、正代に偉そうに意見したり、用事を言い付けたりする。「ハイライト買って来い」と忙しい中、遣《つか》いに出され、帰って手渡すと頼男だったこともあった。入れ替わっているのではないかと怖れて、沙也加の誕生を機に寝室を別にしてしまったが、兄弟は全く気にしていない様子で、相変わらず正代をこき使い、クリーニング技術を磨き、結果、金儲けすることに腐心しているのだった。女房なんてものは正代一人で充分だとばかりに、頼男は六十三歳になった現在も独身のまま。図々しいにもほどがある、と正代は憤《いきどお》った。

「男に人生を預けてはいけない」という正代の薫陶《くんとう》を繰り返し受けたはずの沙也加は、確かに、人生を男に預けなかった。預けることができないくらい、碌《ろく》でもない娘だったので、男の方から忌避されたのだ。高校生の時、不純異性交遊で補導されること数回(当時はエンコーという言葉がなかった)、高校を卒業するや否や、孕《はら》まされて未婚の母。相手は沢山いて特定すらできなかった。

二十八歳の現在は、小学校に通う娘の未知華《みちか》と実家に居座り、「らいふドライクリーニング」で、受付カウンターの遅番として働いている。だが、仕事もいい加減で、両親と叔父の目を盗んでさぼってばかりいた。つい先日も、ドライクリーニングを頼まれた客のシャネルスーツを着て小学校の保護者会に出席し、たまたま子供を同じ学校に通わせていた客が目撃して、怒りの電話がかかってきた。クレームを受けて、しらばっくれたり、弁償したり、後始末をするのも正代の役目だ。都合の悪い時は、信男も頼男も奥の工場に入ったきりで出て来ない。

「らいふドライクリーニング」は、他にも家業を手伝う「親戚」が住んでいた。双子兄弟の従姉《いとこ》、静子である。静子は七十歳をとうに過ぎているようだが、年齢ははっきりしなかった。正代が何気なさを装って尋ねても、曖昧に笑って誤魔化すのだ。娘時代は三越デパートの呉服売場に勤めていた、とことあるごとに自慢し、薄くなった髪を紫に染めて、家にいる時も真っ赤な口紅をおちょぼ口に塗ったくっている。確かに物言いや所作は上品ぶっているが、煙草は自分で買わずに信男や頼男や沙也加にたかり、正代の家の冷蔵庫から食物を掠《かす》めることはしょっちゅうで、引き取り手のない客の服を勝手に地元の古着屋に捌《さば》いて小遣いを得たり、とやることがあまりにもせこかった。

静子が「らいふドライクリーニング」に同居するようになったのは、十二年ほど前のことだ。身寄りがないため、「らいふドライクリーニング」の建っている土地を信男に提供することで、いずれは同居する約束になっていたのだという。正代はそれも初耳だった。つまり、結婚する時、信男に見せられた土地は、静子の名義だったということになる。土地の権利証も何も確認せずに、信男は若いのに遣り手《やて》だ、と感心した自分は阿呆だったのだ。正代はつくづく思った。こんな得体の知れない婆さんの老後の世話をしなければならないのだったら、結婚なんかしなかった。

静子は、五年前にビルに建て替える際も、自分は土地の所有者なのだから、最も良い場所に住むべきだと主張した。四階建てビルの四階フロア全部、バストイレ付き。沙也加と未知華親子を四階に住まわせようと画策していた正代の目論見《もくろみ》は、見事に外れた。結局、一階が店舗と工場。二階が倉庫と頼男の部屋。三階に信男と正代夫婦、沙也加と未知華の四人が暮らす、という偏った間取りになってしまったのだ。おまけに四階に年寄りの静子が住むことになったものだから、急遽《きゅうきょ》、エレベーターを取り付け、予算も大幅に膨れ上がった。建て替えを楽しみにしていた正代は、静子も恨んだ。つまり自分は、信男と頼男兄弟、静子の三人にうまく騙され、奴隷のように仕える嫁として選ばれたのではないか、と思ったのだ。

静子は、威張りくさって暮らしていた。広い自室で日がな一日テレビを見て、女性週刊誌を眺めるだけの生活。ファミリービジネスへの参画は、売り上げ計算の時だけだ。レジを締める午後九時頃になると店に現れて、レジの数字を見ながら、自分の帳面に下《へ》手糞《たくそ》な字で書き留める。毎月の売り上げの一割を地代として貰う約束を、信男と交わした、と言うのだ。毎月の売り上げを計算するのは正代だったから、正代は最初、律儀に一割を手渡していた。しかし、算数の成績が異様に悪かった沙也加でさえも、静子に計算能力があるとは思えない、と断言するので、正代はいつしか適当に誤魔化すようになった。静子は気付かない。有り難かったが、だとすれば、三越に勤めていたという前身も真っ赤な嘘に違いない、と正代は思った。その癖、正代の味付けが薄いと文句を垂れたり、夕食時、小学生の未知華と本気でチャンネルを争ったりするものだから、正代は信男に怒った。

「静子さんは、何であんなにふんぞり返ってるの」

だが、信男は猪首《いくび》を竦《すく》めただけだった。お前は黙ってろ、と怒鳴りつけられるのを覚悟で聞いただけに、正代は信男の無言が奇妙に思えた。正代には偉そうに用を言い付ける頼男も、静子には何も言わない。どころか、遠慮している。静子が何者か、いつか探り出してやろうと、正代は日頃の鬱憤《うっぷん》を静子の前身の詮索《せんさく》に向けた。

ある日、正代が昼間の受付カウンターに立っていたら、顔見知りの主婦が子供の制服を持って来た。主婦が上を差して言った。

「四階に住んでる人って、最初、頼男さんの奥さんかと思ったわよ。ご親戚だって言うから、びっくりした」

「あら、どうしてですか」

「だって、いつも一緒にパチンコしてるでしょう。それとも、あれはお宅の御主人の方だったのかしら。そっくりで見分けが付かないけどさ」

主婦は出っ歯を気にして、手で口許を隠して笑ったが、目には正代と同じものが溢れていた。好奇心。正代はさりげなく飛び付くことにした。

「どっちでもいいですよ。二人で一人みたいなもんだから」

「ほんと、そっくり。珍しいわよね、あれだけ似ているんだから、似たような格好しなくたっていいのにね」

不意に疑惑が浮かんだ。信男と頼男は、わざと似るようにしているのではないか。理由は得だし、楽だから。責められた時は別の振りをすればいいのだし、都合の好《よ》い時は成り済ませばいい。二人の見分けが付かないため、従業員も家族も近寄らなくなったし、間違えるのが嫌で、誰も話しかけない。兄弟にとってはその方が生きるのに好都合なのだ。何て狡《ずる》い、と正代は身を震わせる。

「奥さん、どうしたの」

紺サージの脂光りする制服を後ろの籠に放り込んだ後、よほど考えに耽《ふけ》っていたのか、正代の眼前にひらひらと掌が振られた。

「あ、すみません。ちょっと考えごとしちゃって」

「働き過ぎよ、奥さん。最近、痩せたんじゃない」

太っている主婦は、羨ましそうに正代の全身を眺めた。確かに、正代は疲労困憊《こんぱい》していた。六十歳近い自分一人が、どうしていつもくるくると動いていなくてはならないのかと思うほど、忙しかった。六時前に起きて全員の朝食を作り、孫の未知華を小学校にやり、開店に備えて店を掃除する。パート主婦が出勤して来たら、カウンターを任せてやっと上に上がり、家事。掃除と洗濯と、昼食の準備と片付け。午後はカウンターに入って、立ちっぱなしで客との応対。夕方は遅番の沙也加と交代して、買い物に行き、帰ってすぐに夕食の準備だ。休む時間は全くなかった。店は夜九時まで開けているから、九時前にまた店に下りてレジを締める。その間も、宅配サービスで集荷した洗濯物を分類したり、仕上がった洗濯物にビニールを掛けたり、アルバイト料を計算したり、と慌しい。自分が忙しいのも、頼男だの静子だの、娘たちがいるせいだ、と正代は急に腹立たしくなってきた。沙也加は実の娘ではあるが、怠《なま》け者で、家事も子育ても正代に任せっきりだった。

「でね、さっきの話」主婦が元の話に戻してくれた。「実はね、近所の人が見たんだって。頼男さんらしき人がね、四階の人と腕組んで歩いているところ。奥さん、余計なことかもしれないけど、親戚同士ってそんなことするかしら。しないわよね。だから、あたしてっきりご夫婦だったのか、と思ってしまった訳よ」

「だけど、静子さんはとっくに七十を過ぎてるわよ」

「何言ってるの。女は灰になるまでって言うじゃないの。ご主人たちだって六十過ぎてるでしょう。あまり歳は変わらないわよ」

なるほど。正代は勝手に頷いていた。どこか納得するところがあった。兄弟たちの静子に対する遠慮は、土地を借りているせいだけではないような気がする。双子がそっくりな格好をするのも、静子の存在と何か関係があるのかもしれない。静子とは何者なのか。正代は、掃除をする時にアルバムでも盗み見てやろうと固く決心したのだった。

チャンスは意外に早く巡ってきた。数日後、静子が急に天麩羅《てんぷら》を食べたくなった、と言って浅草に外出したのだ。午前中、他の者は皆、一階の店で働いている。沙也加はママさんバレーの練習があると言って、近くの中学校に出かけていた。

正代は掃除道具を持って、エレベーターで四階に上がった。静子の部屋は陽当たりのいいリビングと寝室の二室。らいふビルの中で、最も豪華で快適な場所だ。正代たちは、2LDKに四人で住んでいるのだから狭くて仕方がない。しかも、居間に全員が集まって毎回の食事をするのだから堪らない。しょっちゅう、片付けていなければ座る場所もないのだった。

「まったくもう、いい気なもんだよ」

正代は声を荒らげた。ゴミ箱の中に、正代が買って冷凍庫に入れておいたチョコレート・アイスクリームのファミリーパックが捨ててあったからだ。昨夜、探したのに見当たらないので、孫の未知華を叱ったばかりだった。静子は食卓を囲んでいたのに、素知らぬ顔でテレビを見ていた。正代は腹立たしくなり、鴨居《かもい》やカーテンを力一杯はたき掛けしながら、静子の秘密を暴いてやろうとあちこち窺《うかが》った。

何度も掃除に入っているが、さすがに引出しや押入れを覗いたことはなかった。が、今日ばかりは許さない。正代は、思い切って簞笥《たんす》の引出しを開けてみた。三越の呉服売場では売っていなさそうな、派手で安物の着物がいっぱい入っている。

ベッド横のテーブルに、安っぽい封筒に入った一通の手紙が投げ出してあった。そう言えば、数日前に静子に手紙が来た。正代が郵便配達から受け取って、パチンコに行こうとする静子に直接手渡したので覚えがあった。静子には、電話も手紙もほとんど来ないから、珍しいことがあるものだと思ったのだ。正代は封筒をひっくり返して裏書きを見た。差出人の名は「泥の会」とある。

正代は躊躇《ためら》いながら、封筒を覗いた。手書きのコピーが一枚と、同じ人物が書いたものらしい手紙が入っている。コピーの方は同窓会の知らせのようだ。

ヌカルミハウス同窓会

第三回「泥の会」総会のお知らせ

お元気ですか、皆様。二年に一度の「泥の会」総会のお知らせです。

一人減り二人減り、会員も少なくなりました。今年は、あのナンバーワン、エミさんの消息が不明です。どなたか、ご存知ならばお知らせください。

しかし、嬉しいニュースもあります。ヌカルミハウスの大先輩、ユカリさんの消息がわかりました。今年は参加していただけるよう、このお知らせを出しましたので、皆様、ユカリさんに会えますよ。あいにく、友引ですが、どうぞ、こぞって参加してください。

日時　四月二十四日　土曜日　十二時ヨリ

場所　浅草「大黒天」（天麩羅で有名デス）

会費　三千円（お酒は自分持ちデス）

ヌカルミハウスって何だろう、と正代は何度もコピーを読んだが、わからなかった。何やら、怪しい仕事に携わっていた人間たちの同窓会であることは確かだ。ナンバーワンということは、キャバレーでもあるのだろうか。知りたくて堪らなくなった正代は、今度は何の迷いもなく、私信らしき手紙を読んだ。

川田静子様、いいえ、ユカリさん。

消息がわかって嬉しいです。あなたはまるで大奥様のように優雅な暮らしをなさっておられると聞きました。あなたは、ヌカルミハウスの最長老でしたのにね。人生はわからないものだと思います。

ところで覚えていらっしゃいますか。「母さん」が交通事故で亡くなった時のこと。

からっ風がぴゅうぴゅう吹く、冷たい十二月でしたよね。今年は三五回忌だそうですが、もう誰も命日を覚えていません。「母さん」と仲が良かったユカリさんなら覚えているかしら。私たちもとっくに「母さん」の歳を過ぎ、今はみんな婆さんになってしまいましたね。月日が経つのは早いものだと思います。

ヌカルミハウスでの日々を懐かしむために、私たちは「泥の会」を作っています。

そのお知らせをお送りします。ご参加いただけると本当に嬉しいです。

実は「泥の会」のメンバーから、こんな疑問が提出されました。「母さん」の死後、海菊屋の土地建物の権利証がなくなったことは有名な話ですが、跡地に建ったクリーニング屋に、現在、あなたがどうして住んでいるのか、ということでした。疑問に答えるためにも、是非、参加してください。参加できない時は、お知らせいただかないと、あなたも困ることになると思います。

「泥の会」世話人　川端やす
(源氏名ミッチー)

正代は衝撃を抑えて、手紙を封筒に戻した。静子が今日、「泥の会」に出席したことは明らかだった。ヌカルミハウスというのが何かはわからなかったが、正代の脳裏には、結婚する前に見た古い旅館が蘇っていた。海菊屋。ということは、静子がこの土地を何らかの不当な方法で手に入れたのは間違いなさそうだ。「泥の会」のメンバーも、真実を知りたがっている。信男と頼男は、静子のしたことにどう関係しているのだろうか。

正代は動揺し、掃除を中止して一階に下りた。工場では、信男が得意の染み抜きをしている最中だった。

「あんた、ちょっといい?」

正代は呼びかけた。間違えて頼男だとて、どうでも良かった。が、幸い信男の方だったと見えて、夫はキム・ジョンイルそっくりの顔を上げた。

「駄目だ。見りゃわかるだろう。古くなった生理の血だから、容易じゃないんだ」

信男は電気ごての上の生地に染み抜き剤を載せていた。そらそら、抜けてきた、やったやった、と呟く信男の横顔には愉悦すら漂っている。

「じゃ、頼男さんに聞くからいいわよ」

頼男はドライにかけるジャケットのポケットを探っていた。中から使い捨てライターを取り出し、怒っている。ポケットの中を点検するのは、カウンターの仕事なのだ。

「正代、ライター入ってるじゃねえか」

呼び捨てにされても、いつもの正代なら謝るところだったが、構わず聞いた。

「頼男さん、ヌカルミハウスって何」

信男も頼男も凍り付いたような表情で手を止め、目を伏せた。そんな動作まで二人は同じだった。

「静子さんがいたって聞いたけど、それは何なの。ここに昔あったんだってね。あのボロ旅館とどういう関係があるの」

「俺は知らん」

二人は、ほぼ同時に叫んだ。

「静子さんが三越にいたなんて嘘でしょ。あなたたちはどういうきっかけで、静子さんと知り合ったのよ。従姉だって嘘に決まってるよ。あなたたちはヌカルミハウスの客だったんじゃないの。静子さんと懇《ねんご》ろなんじゃないの」

双子は俯《うつむ》いて仕事に腐心している様子を見せ付け、何も答えない。正代は虚しくなった。自分の夫は兄弟で仲良くクリーニング屋を開業したいが故に、静子の持つ権利証に目を付け、あるいは目を付けられ、三人でうまく謀《はか》ったのではなかろうか。そのせいで、自分がこんなに苦労しているのではあるまいか。

「何も後ろ暗いことなんかないぞ。お前は余計なこと考えないで、さっさと上に上がれ」

信男が仕上げのための蒸気をノズルから噴出させ、硬い顔をした。

「あんたねえ、そんなこと言うけど」正代はこの際だから、言いたいことを言ってしまおうと大きく息を吸い込んだ。「ヌカルミハウスって」

ちょうどその時、「ただいまー」と未知華が鞄《かばん》を揺らして勢いよく店に入って来た。小さな男の子の手を引いている。男の子は三、四歳で泣き疲れたのか、目の周りを腫らして浮かない顔をしていた。高価そうな黒いスーツを着ているが、白いシャツは汚れ、半ズボンはだらしなくずり落ち、前のジッパーが開いていた。

「塾の帰りにコドモ拾ったの」未知華が明るい声で言った。「川のところの道で泣いててね。みんなで可哀相だねって頭撫でても泣きやまないし、あたしが連れて来てあげたの。弟が欲しかったから、未知華のうちに住むって聞いたら、いいよって言った。一緒に暮らしてもいい？」

「これ以上、ごめんだよ」

正代は、つい本音が出て、孫娘を怒鳴ってしまった。未知華ははっとしたように立ち竦み、「じゃ、いいもん」と鞄を店の床に投げ捨てて、遊びに行ってしまった。男の子は未知華がいなくなったので、早くもべそをかいている。もうひとつ用事が出来た、やれやれ。正代は幼児を眺める。信男と頼男は正代の追及が逸れたので、ほっとした様子でそれぞれの仕事に戻り、すぐさま夢中になった。正代は溜息を吐《つ》きながら、双子を振り返った。クリーニング屋としては優秀なのだから、余計な詮索などやめた方が生きやすいのかもしれない。正代は意気阻喪しかかっている。静子が何をしようと関係なく生きていけばいい。適当にさぼりながら。さぼれるのなら、どうでも良かった。

「ママに会えるって言うから、来たんだけど、ママはいなくて、ゲームボーイもなくて、僕のおうちはテントじゃないのに、こわいおじさんがゲームボーイ持ってなくて、ママいないし」

子供がたどたどしく告げて、急に泣きじゃくり始めた。話の脈絡もわからないし、うるさかった。信男と頼男が並んで顎をしゃくった。

「早く警察に電話しろ」

ああ、そっくりだと溜息を吐き、正代は近所の駐在所に電話した。その後は大変で、仕事どころではなかった。パトカーが何台も来て、刑事が未知華に話を聞こうと探し回った。前日、お手伝いに連れ去られて誘拐騒ぎになっていた子供だそうだ。母親が飛んで来たのは、一時間後だった。どういう訳か母親と名乗る女は二人おり、若い方の母親は泣いて子供を抱きしめたきり、顔も上げない。もう一人は正代とあまり変わらない年頃で、黒ずくめの派手な身なりをしており、子供と抱き合う親子の周りをうろうろし、泣いたり、喋ったり、うるさかった。

「ありがとうございます。このお礼は何でもいたしますから、欲しいものがあったら仰ってください。本当に命の恩人ですわ。ありがとうございます」

正代はお礼なんか要らないからとっとと帰ってくれ、と言いたかった。仕事が沢山あるのに、この騒動で滞っているからだった。

10 故郷に戻れない者たち

拝啓　物騒なニュースが引きも切らない世の中になってしまいました。老人を狙ったかっぱらいの横行や、孤独死など、私たちにとっても他人事ではない問題ですね。フセイン元大統領の哀れな姿に、無常を感じるのは私だけでしょうか。会員の皆々様、お元気でお過ごしですか。お風邪など引いておられませんか。会の世話人、ミッチーこと、川端やすでございます。ヌカルミハウスの先輩、後輩、朋輩の皆々様、お懐かしゅうございます。そして、第三回「泥の会」総会にご出席いただいた四名の皆様、お忙しいところを駆け付けていただきまして、本当に有難うございました。

私のことはよくご存じと思いますが、会員に名を連ねていても、一度も総会に出席なさらない方、会報を差し上げても梨《なし》のつぶての方も多くいらっしゃいますので、再度、自己紹介からさせていただきます。ああ、そんなお調子者がいたわね、と懐かしく思っていただければ幸いです。

私は昭和三十八年から四十三年まで、ヌカルミハウスでお世話になりました。当時の源氏名は、ミッチーでした。勿論、名付け親は「母さん」。由来は、畏《おそ》れ多くも、あの美智子様から勝手に頂戴したものでございます。「天然パーマのミッチー」と言えば、思い出していただけるかと思います。

本名は川端やすです。房州の生まれですが、この商売に入った者は、二度と故郷に錦《にしき》を飾れないのは、皆様もご承知でしょう。私も、十年ほど前に多摩の外れの公団住宅に無事入居を果たし、故郷には一度も帰っておりません。男は星の数ほど付き合っても、結婚はしませんでした。従って、子供無し。年金生活。孤独な一人暮らしと言いたいところですが、図書館通いをして本を読む、至福の毎日を送っております。

ヌカルミハウス解散の後、皆様、辛酸を舐《な》められたのでしょうか。いいえ、逞しいヌカルミハウスOGのことですから、きっとどこにいても、強く楽しく生き抜いておられたと信じております。

初めての方のために、私の歩んできた道を、もう一度紹介させていただきます。

解散後は、浦和の小さなバーのママさんに拾われ、長くホステスをしていました。やがて、ママさんの男だった川口の玩具《がんぐ》メーカーの旦那と出来てしまって店を追い出され、その後は口八丁手八丁で世間を渡ってまいりました。

知らない自分に出合うためには、思ってもいない環境に身を置くしかない、とは真実でございます。私は前歴を隠して就職活動をするうちに、何と足立《あだち》の小さな広告代理店に雇われたのでした（六十歳の社長をたらし込んだからです）。ただの事務職として入社したのですが、自分でも驚いたことに、文筆の才があったのでした。試しに書かされた商店街のチラシが好評で、私はコピーライターに抜擢されたのです。

私はこうして自分を発見できました。誤解なきように申し上げますが、別に自慢しているのではありません。娼婦である前身を恥じて暮らしている方も多くいると聞きました。そのような方に勇気と誇りを持っていただきたいと願い、敢えて書いている次第でございます。

現在、私は六十五歳になりました。私くらいの年齢は、老人と呼ぶには早い中途半端な年代でもあります。でも、何かしたい、まだ社会のお役に立ちたい、と願っているマジメな人が多いのも事実です。私もそうです。だから、今住んでいる多摩のシルバー人材センターに登録させていただいております。登録したのは、コピーやエッセイの書き方、そして演芸司会とスピーチ指南です。

これまで仕事をさせていただいたのは、老人ホームのカラオケ大会の司会進行と、四丁目交番通信のライターとしてでした。他に、手品や落語なども演目に加えたいと、日夜努力しております。皆様方の中にも、シルバー事業団に所属しておられる方が多数いらっしゃると聞きました。今後も皆で仲良く「泥の会」を盛り上げていこうではありませんか。「泥の会」の世話役と会の運営は、私のライフワークです。

どうやら、久しぶりに会報を書けるので昂奮しているようです。前置きが長くなりましたことをお詫びいたします。先日、浅草の「大黒天」で行われました第三回「泥の会」総会の報告をさせていただきます。

念の為に、「泥の会」の趣旨、会員名簿などを付記させていただきますので、会員として登録されていない方は同封の返信用葉書に近況を、振込用紙にて年会費一万五千円をお振り込み願います。まだ年会費を納めておられない方も同様に願います。

なお、同窓会のお知らせにも書きましたが、横須賀の牛久栄美子さん（エミさん）の消息が不明です。昨年春までは連絡が取れていましただけに心配です。近況をご存じの方は事務局までお知らせください。

また、以下の方の消息がわかりません。ご存じの方は、私宛にご連絡くださいませ。

チヨさん（中肉中背、東北訛《なま》り）、エリーさん（お父さんが米兵）、ヨシエさん（本名は山田さん）、あっちゃん（小柄、頬と顎に黒子《ほくろ》）、乙姫さん（バツイチ。四十近かった？）、キクエさん（結核でした）、マリアさん（お父さんが満州からの引き揚げ者）

それでは、よろしくお願いいたします。

川端やす

「泥の会」（ヌカルミハウス同窓会）

〈趣旨〉

一、売春防止法制定前から存在し、戦後の売春の歴史を見つめてきたヌカルミハウス（海菊屋）での特異な体験を持つ仲間たちが、心の中を打ち明け合い、相互の信頼と親睦を深める会であること。

一、「母さん」や亡くなった仲間の鎮魂。

一、会員の高齢化に向けての互助。

一、娼婦であったこと（あること）とは、何だったかを語り合うことで、前身を隠し、悩む仲間のトラウマを一緒に乗り越える。

一、生き甲斐探し。

〈運営〉

一、会費によって連絡を取り合う。会費は年一万五千円。

一、総会は二年に一回。しかし、茶会は不定期。会員の間で声が挙がれば、いつでも。

一、世話人は指名制。

第三回「泥の会」総会議事録

四月二十四日土曜日、十二時より。

場所は、天麩羅で有名な浅草「大黒天」にて（ジルさんのリクエストでした）

出席者は以下五名　川田静子（ユカリさん）、善福寺純江（ジルさん）、前山稲子（カヨコさん）、真田万寿子（ツルちゃん）、川端やす（ミッチー）。

会費は一人三千円。お酒代は別です。

ココカラ、川端やすによる感想と報告になります。（当時の源氏名で書いてます）

四月二十四日、私は朝から昂奮し、いつもより早い時間に目が覚めた。今日は、ヌカルミハウスの総会。皆に会える日。まるで小学生が遠足に行くような浮き浮きした気分になって、我ながらおかしかった。前の晩からお天気を心配し、着ていく服を考えるという経験は、この歳になるとなかなか得難い。

天気予報は見事に当たって、朝から晴れ。昼は気温も二十五、六度まで上がるというので、私は近所のブティックで買ったピンクのTシャツに、臙脂《えんじ》色のパンツ、茶のパンプス、という軽快な格好で出かけることにした。歩きだすと汗ばむほどの陽気で嬉しい。お天気までが、私たちを祝福しているようだ。私は、灰色のジャケットを脱いだ。十二時集合なので、朝十時に家を出て、中央線に乗る。

会場の「大黒天」に着いたのは、午前十一時過ぎ。早過ぎたと思ったが、すでにジルさんとカヨコさんが到着して、玄関先で立ち話をしていた。「大黒天」は、老舗の天麩羅屋だ。最近、店を改装してビルにしたのは残念。

ジルさんは、白いタートルネックの半袖セーターに細かい花柄のスカートというあでやかな姿だったが、静脈瘤《りゅう》防止の肌色ストッキングが痛々しかった。カヨコさんは、可愛い犬のアップリケがしてある灰色のトレーナーとストレッチジーンズ。その若々しさに、私の頬は緩んだ。

「ミッチー、元気だった？」

ジルさんが私を見るやいなや叫び、抱き付いた。仄《ほの》かなオーデコロンが香る。ジルさんはいつもお洒落だったことを思い出す。煙草を吸っていたカヨコさんはすぐには気付かず、ジルさんの声に慌てて煙草を消し、満面の笑みを浮かべた。

「元気よ。あなたたちは」

ジルさんが、「頭の方は元気なんだけど、これがね」と低い声で両脚を指さした。

ジルさんの静脈瘤は年々悪化しているという。だが、こう付け加えた。

「でもね、あたしは気合いでスカートを穿《は》くのよ。だって女じゃない」

ジルさんは、六十五歳。ヌカルミハウス解散後、錦糸町や小岩で水商売を転々とした。三十年前、不動産会社の社長であるご主人と巡り合い、結婚。歳の離れたご主人は、十五年前にあの世に旅立たれたが、お子さんは三人、お孫さんは何と八人もおられる。幸せな人生を歩まれていることに拍手。

六十四歳のカヨコさんは、ヌカルミハウスでの日々が楽しくなかった、と今でも言う。

「あたしは客が付かなかったから、実入りも少なかったのよね。エミさんて、ナンバーワンがいたじゃない。あの時は悔しくて悔しくて、いろんな意地悪したわよ。本当に申し訳なくて、涙が出るわ」

エミさんの消息が不明だと伝えたら、二人とも暗い顔になった。

「それは心配だわね。あたしが一番気にしてるのはエミさんだもん。苛《いじ》めたって言ったって、ごまめの歯ぎしりよ。敵《かな》わないから妬《ねた》んだのね。今でもエミさんの綺麗な顔が夢に出てくるのよ。その度に、ごめんなさいって謝ってるの。それにしても、エミさんの夢が最近頻繁なのよ。何かあったんじゃないかしら。胸騒ぎがするわ」

カヨコさんがトレーナーの胸の辺りのアップリケを押さえて呟いた。

「今度、横須賀のお宅に行ってみるから」

「お願いね。もし、元気だったらよろしく言って」

エミさんがアメリカ兵と結婚すると告げ、解散前にヌカルミハウスを出たのは、皆様、ご存じの通り。その後、アルコール中毒になり、あまり幸せではないという噂もあっただけに、気になるところだ。

エミさんが太陽神会という新興宗教にはまって、ヌカルミハウスの面々に連絡しては入信を迫ったのは有名な話だ。迷惑だった、と言う会員がいる一方で、エミさんのこの時の布教活動が、会員名簿を作成する時の大きな力となったという事実も報告しておきたい。

「今日は他に誰が来るの。私、楽しみにして来たのよ」

カヨコさんが、期待に満ちた目を向けた。実は、ピンクのグラデーションサングラスで隠しているが、カヨコさんは視力が衰えつつある。「若い頃に無茶したせいよ」と本人は笑っている。彼女は、三十代に原因不明の高熱が続いて娼婦稼業を続けられなくなり、故郷の福島に一時帰ったのだった。農家をしているご実家は、すでに兄上の代になり、性格の悪い兄嫁にそれはそれは辛い目に遭わされたとのこと。母屋から追い出され、納屋で寝起きさせられたというのだから、現代日本の話とは到底思えない。視力の衰えは、その時の栄養失調が原因ではないか、と本人は言っている。凄惨《せいさん》な体験ゆえか、現在の彼女はとても情け深く、優しい人である。

「ツルちゃんて人、覚えてる？」

私の問いに、ジルさんは素《す》っ頓狂《とんきょう》な声を上げた。

「覚えてるわよ。ツルちゃんとあたし、仲が良かったんだから」

辛酸を舐めたカヨコさんもしんみりと同意した。

「あたしも良くして貰った。ツルちゃんは優しい人だった」

そこへ、噂のツルちゃんが現れた。ツルちゃんは、鮮やかなライムグリーンのジャケットにベージュのパンツ姿。襟元に朱色のスカーフという格好良さだ。昔と比べ、ふくよかになったせいか、道で会ってもわからないに違いない。初めて総会出席のツルちゃんは、涙を滲《にじ》ませてジルさんとカヨコさんに挨拶した。

「会いたかったわ。久しぶりね」

そして、涙を拭きながら私に礼を言った。

「ありがとうね、ミッチー。あなたがこうやって骨を折ってくれなかったら、あたしたち生き別れだったわね」

褒められたくてやっているのではないが、こうまで言って貰えると世話人冥利《みょうり》に尽きるではないか。私も思わず貰い泣きしてしまった。玄関口で、老女四人が抱き合って泣いているので、お店の人が見かねて中に入れてくれた。予約時間になっていないので、と遠慮したが、構わないので座敷へどうぞ、と店主が言う。申し訳なく思ったが、店は空いていた。幸いなことに、今日は友引なので、近所のお寺の法事関係がすべてないということである。お言葉に甘えることにした。まだ畳の香がぷんと匂う座敷へ案内され、私たち四人はビールを頼んで、歓談した。

「私は池袋で小料理屋をやってるのよ」

ツルちゃんが誇らしげに背筋を伸ばした。ツルちゃんの姿勢の良さは昔と全く変わらない。ただ、体重が七十キロになったそうだ。ヌカルミハウスにいた頃は四十キロだったというから、幸せが三十キロも増えたと言うべきだろう。

「凄いわね。自分でお店やってるなんて出世頭じゃない。それに引き替え、私なんか家族もないし、蓄えもないし、何もないわ」

何につけても涙もろくなったカヨコさんが、目頭をハンカチで拭った。カヨコさんの背中をジルさんがさすって慰めている。ツルちゃんが煙草に火を点けた。

「たいした店じゃないわよ。たったの十坪だもの」

「十坪ったら、大店《おおだな》だわ。偉いわ」

ジルさんが感心する。

「カヨコさん、あなたは何してるの」

ツルちゃんの問いに、カヨコさんが答える。

「病院の清掃職員よ」

「立派なお仕事じゃない」

「でも、六十五歳までしかできないのよ」

カヨコさんは泣きだし、皆も何も言えず俯《うつむ》いてしまった。このような会員のために、今こそ連帯と助けが必要とされている。できる限り尽力しよう、と私は固く心に誓った次第である。皆様のご協力を仰ぎたい。

「ところで、今日は四人だけ？」

ツルちゃんが話を変えようとして、私に尋ねた。いかにも小料理屋の女将《おかみ》らしく、きびきびした物言いだ。私は腕時計を覗いた。約束の十二時近い。

「ユカリさんの消息がわかったこと、報《しら》せたわよね」

ジルさんが小首を傾げた。

「ユカリ姐さんでしょう。あの時、四十手前くらいだったわね。今、幾つかしら」

「七十四、五でしょうね。来るの？」と、ツルちゃん。

「わからないわ。一応、手紙は出したのよ。実を言うとね。あの人、今ヌカルミハウスのあったところに住んでるのよ」

ええーっ、と三人が驚いた様子で叫んだ。私は仕方なく、三人に事の次第を告げることにした。会員の方々にも知っておいていただきたいので報告する。今回の総会の目的は、第一に会員相互の親睦を深めることにあるが、実はもうひとつあった。先日、私は会報取材のために、ヌカルミハウスのあった場所を訪れた。勿論、海菊屋は跡形もなく、現在その場所には「らいふドライクリーニング」という店が建っている。私は窓から中を覗いて驚いた。会員ならほとんどの方がご存じであろう馴染み客がいたからである。「洗濯屋の双子」こと、佐々木さん兄弟の姿だった。しかも、店の脇にある出口から現れたのは、これまた見覚えのある老女。そう、あのユカリさんが同居していたのである。これはいったいどういうことなのか。ユカリさんの口から説明していただきたいので、是非とも総会への出席を要請した次第である。

「母さん」が交通事故に遭って、突然亡くなった時が、ヌカルミハウスの崩壊だった。ヌカルミハウスは、自立した娼婦による、娼婦のための、娼婦の館だったのだから、「母さん」の死によって解散するのは当たり前。だが、「母さん」の遺産であるヌカルミハウスは、「母さん」の親戚に譲られるべきものだ。なのに、客と娼婦の一人が独占しているのはいかなる理由によるものか。真相の究明は、ヌカルミハウスOGとしての責務である、と私は考えるのだ。もし、誰のものでもないのだとしたら、寄る辺《よるべ》ないOGのために活用されるべきだ。

「それは変ね。調べるべきだわ」

ジルさんが同意してくれた。カヨコさんは何度も頷き、ツルちゃんは息巻いた。

「変なんてもんじゃないわ。あの時、皆で『母さん』の遺品を整理したでしょう。だけど、権利証なんかは見当たらなかったのよね」

「でも、誰もそんなことを心配する義務というか権利なんかなかったじゃない。一人抜け、二人抜け、でばらばらになってさ。ヌカルミハウスは消滅したのよ」

私の言葉に、ツルちゃんが現実的に答える。

「仕方ないわよ。遣り手婆《やりてばば》さんがいなきゃ、私らは立ち往生だわ。強突張《ごうつくば》りだの、無慈悲だのと悪口言ったって、『母さん』がマネージメントやらなかったら、どうにもならないんだもの。客を整理して、娼婦をあてがって、文句を言われりゃ言い返して、料金はしっかり取る。後は洗濯と掃除と食事をこさえる。あらゆる意味で、『母さん』は有能だったわよ」

「そう言えば、あそこに子供いたでしょう。あの子どうしたんだろう」

カヨコさんがぽつんと呟いた。私とジルさん、ツルちゃんの三人は顔を見合わせた。ジルさんが表情を曇らせる。

「そう言や、いたわね。アイ子とか言う名前の、顔色の悪い女の子。『母さん』の部屋の押入れに住んでいた小っちゃな子でしょう。陰気臭くて、可愛げなくて、皆で嫌ってたじゃない。私らも若かったし、あんな商売して気持ちも荒《すさ》んでいたから、結構邪慳《じゃけん》にしてたよね。可哀相なことしたわね。今、孫があのくらいなのよ。若いって残酷だわよね」

確かに、私もアイ子という子供のことは気になっていたのだった。誰が産んで、棄《す》てていったのかはわからないけれども、赤ん坊の時からヌカルミハウスにいたのは事実だ。私が来た時はすでにいたが、誰の子かは知らされていなかったので、聞いてはいけないのかと口にしなかった経緯がある。「母さん」の孫娘という噂もあった。真実は「母さん」しか知らないのであろう。哀れな子供である。

「私がすごく苛《いじ》めたわ。私、ヌカルミハウスでは稼ぎがなかったから、あの子に当たったの。アイ子は私の顔見ると、こうやって後退りするのよ」

カヨコさんが、指をくわえて上目遣いに見る真似をしてみせた。

「あなたって、誰でも苛めたのね」

少々呆《あき》れ顔でジルさんが言うと、カヨコさんは暗い顔をした。

「そうみたいね。どうせ、私は嫌な人間でしたよ」

「わかった。じゃ、私が何とかアイ子の行方を探してみる。もし、見つけ出せたら、

『泥の会』に入会して貰うわ」

「そうね、資格はあるもの」

三人の熱い支持を得て、私は次なる仕事としてアイ子の消息を尋ねてみることにした。アイ子は自分で交番に駆け込んだとも聞いている。もしや、会員の皆様の中でご存じの方がいらしたら、是非とも教えていただきたい。

「ごめんください」

その時、廊下の障子が開いて、和服姿の老女が入って来た。ひと目見るなり、ユカリ姐さんとわかる、昔と全然、変わらない姿。皆よりも十歳は歳を取っていたユカリ姐さんは、白粉《おしろい》も厚く、化粧が濃かった。その分、近寄りがたく、誰もが一目置きながらも、やや煙たく思っていた存在ではなかったか。ユカリ姐さんは、薄紫の地に白い花が散った派手な小紋《こもん》に、黒の帯。紫に染めた髪をアップにして、真っ赤な口紅を付けていた。一同、その美しい装いに気を呑まれて言葉を失ってしまった。

「あら、お久しぶりね。って、あたしは誰が誰か、ちっともわからないけどさ」

ユカリ姐さんは、伝法《でんぽう》な口調で言った。動作もきびきびして、早口だったユカリ姐さん。お客が来ると、廊下を走るように真っ先に向かう姿を覚えておられるだろうか。私は、ユカリ姐さんが「洗濯屋の双子」と昵懇《じっこん》だったことを思い出していた。

天麩羅をつまみにビールを運びながら、私は早速ユカリ姐さんに疑問をぶつけてみることにした。以下がその返答である。

私「ユカリ姐さんは、ヌカルミハウスの跡地に建ったクリーニング屋に住んでいるが、それはいかなる理由によるものか」

ユ「あなたたちに言ってなかったが、私は『母さん』の本当の娘。『母さん』はこのことを内緒にしたがったから、仕方なしに黙っていた。あの人が十八の時に客との間に産んだ子だと聞いている」

私「それでは、戸籍謄本などを見せて貰ってもいいだろうか」

ユ「見せろって言われれば見せるが、あなたは刑事じゃないんだから、そんな権利はない」

私「ユカリ姐さんは詐欺じゃないか、と疑われている」

ユ「あなたたちが勝手に疑っているのだ。だが、私は痛くも痒《かゆ》くもない。出るところに出ろって言われれば出てもよい。しかし、母親が残した土地を私がどう使おうと、私の勝手である」

ジル「ユカリ姐さんの言い分はわかったが、私には実の娘を娼婦にできる女の心持ちがよくわからない。自分だったらできない」

ユ「それは、母の自由、私の自由」
私「では、洗濯屋の双子はどのような関係であそこに店を建てたのか」
ユ「私が一緒に住むよう依頼した。彼らと私は深い絆《きずな》で結ばれている」
私「アイ子という女の子は、『母さん』の孫娘か」
ユ「あの子は、『母さん』の娘と聞いたことがあるが、私は知らない。たとえ真実だとしても、種違いだし、真実は誰にもわからないであろう」
私「だとすれば、アイ子にもヌカルミハウスの権利があることになる。どうするのか」
ユ「行方不明だから仕方がない。当分は私が貰っておく」

ユカリ姐さんは、席を立って帰ってしまった。後に残った私たち四人は善後策を話し合った。以下がその報告である。

とりあえず、ユカリ姐さんの話を信じることにしても、アイ子がその後、どうしたのか探すことが急務。アイ子が「母さん」の娘であるとしたら、アイ子にヌカルミハウスの権利が生じることになる。ヌカルミハウスがユカリ姐さんと「洗濯屋の双子」だけに利益を供するのは不公平であると考える。

皆様、哀れな孤児、アイ子に関する情報をください。また、「大黒天」での総会において、私たち四人は「ヌカルミハウス真相究明委員会」を結成しました。ご賛同の方、是非ともご連絡くださいますようお願い申し上げます。

11　裏切り者は近くにいる

アイ子は横須賀どぶ板通りの裏にある、エミさんの長屋に帰って来た。ネオシティホテル・グループ社長宅で働く企みは潰《つい》えたものの、ヌカルミハウスのあった場所を確認したことで得た満足は大きかった。「らいふドライクリーニング」の佐々木とは何者か。なぜ、ただの馴染み客でしかなかった男が、ハウスの跡地に店を建てることができたのか。ホームレスのコテツも言ってたではないか。「何かうまいことやりやがったんだ」と。他人の悪事と、金の動きにやたらと鼻の利くアイ子は、次なる目標を見付けてわくわくしていた。ここは資金も尽きたことだし、安全なヤサで休憩してから、作戦を練り直した方が利口というものだろう。

昨夜アイ子は、らいふドライクリーニング店に偵察に行った後、帰るのが面倒になって、コテツのテントに舞い戻ったのだった。安史は疲れ果てたのか、とっくに寝入っていた。アイ子は、コテツがしつこく勧める焼酎を飲むうちに、ついつい飲み過ぎて酔い潰れた。コテツも鼾《いびき》を掻いて寝てしまったことを思えば、あの誘いは見栄だったのだろう。安史がいないことに気付いたのは、今日の昼近くだった。コテツの姿も見えないのは、朝飯の調達にでも行ったのだろうか。それとも、安史を連れて遊びにでも行ったのか。だが、焼酎のボトルに何が入っていたのか、アイ子はひどい二日酔いだったから、安史のことなどどうでもよかった。アイ子は、ホームレスの連中に嫌な顔をされるのもお構いなしに川縁で何度も吐いた。やっと落ち着いて、留守をいいことに、コテツのテントからめぼしい物でもいただいてトンズラしようと眺めると、ポータブルテレビがある。コテツのことだから、仲間に見栄を張るために置いてある空っぽの代物《しろもの》かもしれない。映るかどうか試そうとスイッチを入れたら、偶然、そのニュースを目にしたのだった。「お手伝いを装った中年女性に連れ去られた、ネオシティホテル・グループ社長の長男、安史ちゃんは、今日の昼過ぎ、無事に保護されました」。テレビ画面では、生意気にも黒ずくめの洒落た服を着た安史が、自宅の豪華な革張りソファに腰掛けて、何度もVサインを繰り返す様子が延々と映し出されていた。その横には、涙を拭ったり微笑んだりして忙しい、又勝志都子の姿もあった。なあんだ。川にでも落っこちたら良かったのに。アイ子はがっかりした。ということは、コテツは密告《チクリ》に行ったのかもしれない。

アイ子はテレビを盗むのも忘れて、慌てて遁走《とんそう》したのだった。あたしも、やばい橋を渡ったものだ。告発文書のこともあったし。しかし、横須賀に帰って来たからには、もう大丈夫。アイ子は胸を撫で下ろした。しばらくはネオシティホテルには近付かない方がいいだろう。アイ子は舌を出し、へへっと笑った。

コンビニに寄って、のり弁当と味付き茹《ゆ》で卵、緑茶のペットボトルを買った。茹で卵はアイ子の大好物だ。「お箸、お付けしますか」。店員の言葉に、アイ子は思わず顔を顰《しか》めた。すっかり忘れていた。エミさんの家に勝手に住み着いていたワリバシ男を殺《あや》め、その死体を転がしたまま出て来たことを。あれは四日前だ。アダムの死体はそろそろ臭《にお》うだろう。もともと臭《くさ》い奴だったし。アイ子は、セックスまでした癖に、アダムの脂ぎった丸い顔を思い出し、げえっと吐きそうになった。死体なんか怖くはないが、臭いのは往生する。これから徹夜で始末するのも面倒だ。

十年前、ホテルの従業員宿舎で、アイ子の悪事を摑んで脅迫しようとした馬鹿な女の焼酎に農薬を盛ったことがあった。それも天井伝いに侵入するという大胆な手口で。アイ子は、苦悶《くもん》する女の死を見届けてから死体を布団袋に入れ、女の部屋の押入れ奥に隠した。次の給料日まで働くための時間稼ぎだった。アイ子は抜かりなく、女が失踪したように見せかけ、何食わぬ顔で仕事に出たのだ。ところが、人手不足に悩むホテル側は、失踪を信じて次の従業員を雇ってしまった。やがて、一週間もしないうちに宿舎全体が臭いだした。下水だ、排水溝だ、と原因を探して業者まで呼ばれる始末。アイ子は給料を貰った後、「部屋が臭いので堪《た》えられない。辞めます」と堂々と退職した。死体が発見されたのは更にその後一週間も経ってからで、新しく雇われた女は我慢して住んでいたというのだから、世の中なんてちょろいものだ。それを思えば、ひと晩くらいはどうってことない。アイ子は薄笑いを浮かべ、商店街を歩きだした。

エミさんの家の周りは相変わらず汚かった。近所の人間も舐《な》め切っているのか、ゴミや壊れた自転車などを不法投棄している。掘り返した庭土もそのままで、荒れ果てた不気味さが漂っていた。アイ子は気にせずに鍵を回し、建て付けの悪い玄関の戸を力任せに開けた。鼻を摘む用意をし、思い切って中に入る。だが、湿った畳や饐《す》えたゴミの臭いはしても、死体の腐臭など全くしない。ああ良かった、とアイ子は部屋の中を見回した。違和感がある。四日前より片付いている。アイ子は、靴を脱ぐのももどかしく、奥の部屋に駆け込んだ。すると、ワリバシ城の残骸《ざんがい》はおろか、アダムの死体もなくなっていた。いったいどういうことだ。アイ子は生まれて初めて恐怖を感じ、立ち竦《すく》んだ。

アダムが絶命したのは確かなのだから、誰かがアダムの死体を隠し、部屋を片付けたのは間違いない。アイ子は焦って、アダムの死体を探し回った。押入れの襖《ふすま》を開け、縁の下を覗き、家の周囲もひと回りした。が、何もない。落ち着け、落ち着け。アイ子は胸を押さえ、卓袱台《ちゃぶだい》の前に座った。とりあえず、まだ温かい弁当を食べてから考えるべきだ。が、割り箸を貰い忘れたことに気付いた。コンビニの店員が、「お箸、お付けしますか」と聞いた時にぼんやりしていて頷くのを忘れたのだった。あれだけ夥《おびただ》しい数の割り箸が転がっていたのに、いざ使おうとすると一本もないとは。アイ子は立ち上がって台所の引出しを見たが、生活用品の類《たぐい》もなくなっていた。アイ子のいない間に、誰かがエミさんの残した生活道具や粗末な家具をどこかへ持ち去ったと見える。アイ子は腹立たしくなって、弁当を放り投げ、茹で卵だけを口に詰め込んだ。

もしかすると、エミさんは死んでいないのではないか。アイ子は立ち上がって、あたりを窺《うかが》った。エミさんが本当は生きていて家に戻り、アダムの死体を発見してどこかに運んだ。それしか考えられなかった。としたら、庭に埋まっているのは何だろう。アダムは意味ありげに庭の方ばかり気にしていたから、てっきりエミさんが埋められているとばかり思っていた。アイ子は確かめたくなり、庭土を掘り返すことにした。

通行人が絶える夜中になるのを待って、アイ子は懐中電灯を片手に庭に出た。縁の下に転がっていたスコップで、水分を含んだ重い土を持ち上げては、捨てる。また掘る。捨てる。掌が痛くなり、腰が悲鳴を上げた。しかし、アイ子はこれまでにない執念で穴を掘り続けた。明け方、やっと一メートルほど掘り進んだところで、アイ子は息を吞んだ。いきなり、土の中からアダムの顔が現れたからだった。開いた口の中に黒い土がぎっしり詰まっているのが見える。気色悪いんだよ、と吐き捨て、急いで土を被せた。間違いない。アダムを埋めたのは、エミさんだ。不意に、自分を告発する文書をファクスで流したのもエミさんの仕業ではないかと思い付いた。エミのヤロー、ただじゃおかないからな。アイ子は呪詛《じゅそ》を吐きながら、土を戻した。

すべての作業が終わったのは、早朝だった。昇る朝陽が目に沁《し》みる。アイ子は家に入り、薄汚れた畳の上に倒れ込んだ。徹夜で土を掘り返した作業で、体中が痛み、疲労困憊していた。だが、まだやることがある。エミさんが告発者であることの証拠探しだ。

アイ子は押入れの中や戸棚を探し回った。すると、天袋に太陽神会のパンフレットがぎゅうぎゅうに詰め込まれているのを発見した。アイ子は、パンフレットを乱暴に下に落とした。パンフレットの山が崩れると、その奥に古びたワープロが現れた。あったー、とアイ子は叫んだ。何枚か書き損じがある。アイ子は丸められた紙を広げた。

「『私の生きてきた道とは何か』
牛久栄美子

私の生まれは北斗七星の大曲線が延びる四月であります。それは吉角ですよ、あなたは吉星の生まれであり、かつ吉角の運命を授かったのです、と仰ったのは教祖の純白スピカ先生でありました。スピカ先生は更にお続けになられました。だからこそ、あなたは善行をほどこさなくては、生まれた甲斐がありませんよ、と。

私に何ができますでしょうか、私は元娼婦、今は哀れなアル中になりかかっている自堕落な女です、私はスピカ先生に聞きました。スピカ先生は、あなたの星はこの世に存在する悪を暴いたり、善良な人々に警告を発する星であります、言うなれば、心の警察である星です、と仰ったのでした。

それで、私はアイ子の悪事を追跡し、暴こうと決意したのです。アイ子は怖ろしい女ですから、北斗七星のお導きがなければ、到底、太刀打ちはできないと思います。純白スピカ先生、何卒《なにとぞ》、私に勇気を与えてくださいませ。

アイ子が突然、私の元に戻って来たのは、十六、七歳の時でありましょうか。アイ子は、私が淫業《いんぎょう》に就いて身も心も汚れておりました時に、ヌカルミハウスにいた子供です。それでも、私は時々思い出して、何と気の毒な子であろうか、と哀れをかけていたのです。なのに、当のアイ子を前にして、私は嫌な気がしました。アイ子の体全体から、焚《た》き火《び》の後のような、きな臭い、変な臭いがしていたからです。

当時の私は、アイ子という邪悪な魂の存在に気付きませんでした。行き場がないのだからと可哀相に思い、アイ子に食べさせ、風呂に入れ、清潔な布団をひと組与えて、泊めてやり、しかも仕事まで紹介してやったのです。ところが、ある日、アイ子の部屋から話す声が聞こえるのです。覗いた私はびっくりしました。アイ子が靴と会話しているのです。あたし、さくらを焼いちゃった。アイ子ちゃん、よくやったわ、偉い偉い。一人二役でそんなことを喋っているのでした。

翌朝、私はアイ子に井上さくらとは何者か、とさりげなく聞いてみました。アイ子は納豆の糸を箸の先で不器用に巻きながら、星の子学園の先輩だ、としゃあしゃあと答えるではありませんか。私はアイ子のいない時、星の子学園に問い合わせてみました。すると、怖ろしいことがわかったのです。井上さくらという元園生は、園を離れた後に、何者かによって焼き殺されたというのです。時期も、アイ子が私のところに来た頃でありました。何と怖ろしい女を、私は家に入れてしまったのでありましょうか。

どれほど悩んだかしれません。私が疑いの心を片鱗《へんりん》でも見せれば、アイ子は牙《きば》を剝き出す、と思いました。しかし、強い信心が私を支えてくれたのです。アイ子が来たのは、吉星、それも吉角の生まれである私に、神様がお与えくださった試練ではあるまいか、と思いました。純白スピカ先生も、私のその考えには賛成なさってくださいました。私、思いますにはこのままではいけないのでは」

手記はそこで終わっていた。「畜生！」。アイ子は吠え、紙を投げ捨てた。裏切り者は近くにいたのだ。役に立たないアル中婆さんと舐め切っていたエミさんの告発だけに、悔しくてならない。早く逃げて復讐しなくては、と思ったが、徹夜の作業で疲れたアイ子は、気絶するように寝入ってしまった。

どのくらい時間が経ったのだろうか。アイ子は激しく玄関の戸を叩く音で目覚めた。

「牛久さーん」

「いますか、エミさーん」

誰が来たのだろう。変色した畳の目を頬に刻んで寝入っていたアイ子は、慌てて起き上がった。

「ミッチーです。心配で来てみました」

よく通る年輩の女の声がした。一緒に誰か来ているらしく、口々に叫んでいた。

「エミさーん、生きてる？」

二人ほど庭に回り、雨戸をどんどんと打った。

「あら、どうしたのかしら。庭を掘った跡なんかあるわ」

「それよっか、このスコップで雨戸を外したらどう」

スコップが乱暴に雨戸の隙間に突っ込まれる音がした。無理矢理、雨戸をこじ開けるつもりなのだろう。

「待って、ジルさん。そんなことするより、警察呼んだ方が良くない？　あたし、エミさんの腐乱死体なんか発見したくないもの」

「嫌なこと言わないでよ」

ジルさんとやらはむかついた様子で、声を荒らげた。堪《たま》ったもんじゃない。アイ子は髪を撫で付け、ババアどもを止める決心をした。

「何かご用ですかあ」

アイ子は玄関に向かい、中から声をかけた。途端にしんと静まり返り、通る声の女が一人答えた。

「牛久栄美子さんに会いに来たんですけど、お留守ですか」

「いませんよう。今、旅行に行ってますけど」

旅行だって。変よね。あんた知ってた？　全然、聞いてないよね。がやがやと老女たちの声がした。よく通る声の女が断じるのが聞こえる。悪いけど、あの人、そんなお金はないはずよ。アイ子はうんざりしたが、重ねて言った。

「ほんとですよ。熱海の温泉に行きました」

「いつお帰りですか。熱海の何という旅館」

「いつかわかりません。ハトヤだと思います」

ハトヤって、まだあった？　ああ、消防隊のところね。もうないわよ。ある、ある。などと騒がしい。

「それは後でゆっくり伺うとしても、あなたはどなた」

先程の女が尋ねる。何としても、エミさんの安否を確かめたいのだろう。こっちが知りたいくらいだ、とアイ子は思いつつも気取って嘘を吐《つ》いた。

「私は娘です。そちらこそ、どなたですか」

え、お嬢さんいらしたの。嘘、知らないわよ。カヨコさん、聞いてる？　初耳よ。またも騒然とする。

「あのう、玄関を開けていただけませんか。私たちは栄美子さんの古い友達なんです。仲間なんです。あの人が急に連絡取れなくなったんで、皆で心配して来てみたんですよ」

「あのね、私たちはね、怪しい者じゃないの。歳だからお互いに助け合おうという立派な志を持った組織なんですよ」

もう一人が、声を張り上げた。冷たくあしらって怪しまれ、警察を呼ばれても困る。アイ子は観念して、軋《きし》む玄関の戸を開けた。興味津々《しんしん》とばかりに目を見開いた老女が四人、目の前に立っていた。代表格らしい通る声の女は、背も高く堂々としている。灰色の髪を短く刈り上げ、ヨモギ色のブラウスに、小豆《あずき》色のパンツ。よく喋りそうな大きな口に塗ったくった、やたら派手なピンクの口紅がなかったら、爺さんと見紛《みまが》いそうなほど、女らしさに欠けた外見だった。残りの三人はずんぐりと太り、悪趣味なブローチやスカーフをちゃらちゃらと着けていた。

「あなたは栄美子さんの何よ」

「娘ですよ」

アイ子が気取って言うと、老女たちは猜疑心《さいぎしん》を露わに目配せし合った。誰も信用していないのはなぜか、とアイ子は不思議に思った。

「何でそんな嘘を言い張るんだかわからないわ。ねえ、正直に言いなさい。あなたも太陽神会の会員なんでしょう」

今時流行《はや》らない、グラデーション・レンズのサングラスをした老女が目を眇《すが》めて聞いた。視力が悪いのだろうが、異様に醜い。アイ子はどの立場で言った方が有利かとしばらく秤《はかり》に掛け、合わせ技を使うことにした。

「違います。母は信じていましたが、私は信じてはいても、会には入ってないです。手伝いみたいなことはしてましたけど、信者とかではないです」

「失礼だけど、お嬢さんがいただなんて信じられないわ。私は『泥の会』という会の幹事をやってる川端と言います。皆にはミッチーと呼ばれてますけどね。エミさんも私のことは、ミッチーと呼んでました。こちらはジルさん」

顔に似合わない、黒地にバラの花が浮き出たスカートに、銀色のサマーセーターを着た老女が鋭い目をしたままお辞儀した。

「この人がツルちゃんで、あっちに立っているのがカヨコさん」

一番太っているのがツルちゃんだった。ツルちゃんは体全体が四角く見える緑のジャケットに青いバッグを斜め掛け、という派手な出で立《いた》ちだ。ピンクのサングラスを掛けてジーンズを穿《は》いているのがカヨコさん。カヨコだって？　アイ子はぎょっとしてカヨコと呼ばれた老女を見た。まさか、小さかった私を苛《いじ》めたカヨコのことではあるまいか。六、七歳だったから、記憶もあやふやだが、目を眇める仕種が意地悪しようと目論《もくろ》んでいる時の表情を彷彿《ほうふつ》とさせた。ということは、このババアたちはヌカルミハウスにいた娼婦なのだろうか。アイ子はミッチーという快活な女がいたことを思い出した。ツルちゃんとジルさんは思い出せないが、おとなしい顔をしてても意地悪な女が沢山いたのは事実だから、そのどれかかもしれなかった。

「エミさんが本当にいらっしゃらないとしても、立ち話も何ですから、お宅に入れていただいてもいいですか」

ミッチーが強引に入ろうとする。

「困るんですよ」

アイ子はミッチーという女を押し戻した。

「何で困るのよ。それが怪しいのよ」

そうよそうよ、と老女らは一気に家の中に雪崩《なだ》れ込んだ。四人の老女の力は強い。アイ子は仕方なく請じ入れ、逃げる機会を狙うことにした。アイ子は奥の部屋に急いで入り、エミさんの手記を拾い上げて天袋に放り投げた。老女たちは、あら、どうしたのかしらあ、などと言いながら、片付いた部屋を見て驚いている。

「まるでお引っ越ししたような感じね」

ジルさんが胡散臭《うさんくさ》げにアイ子を見た。

「お母さんは、そろそろここを引き払うことを考えていたからですよ」

「ほんとなの」ジルさんがじろりと見る。「あなたもしかして、娘さんじゃなくて、太陽神会の人なんじゃないの」

ツルちゃんが素《す》っ頓狂《とんきょう》な声を上げた。

「見て。ここにパンフレットが沢山あるわ。ほら、こんなに」

「正直に言いなさいよ。あなた、警察呼ぶわよ」

ツルちゃんが、青いショルダーバッグから自慢げに携帯電話を取り出した。カヨコが羨ましそうに携帯電話を見遣《みや》り、醜い眇目《すがめ》になった。どうにも旗色が悪いので、アイ子は曖昧に言った。

「娘ですけどねえ。どうしましょう、困ったなあ」

勝手に雨戸を繰って庭を見ていたジルさんが、叫んだ。

「ねえ、あなた。庭に穴掘って何をしていたの」

「してませんよ、そんなこと」

ミッチーがアイ子の手を見つめた。

「あなたの爪、真っ黒じゃない」

「怪しいわあ。娘だなんて嘘言って、あなた、エミさんをどうにかしたんじゃないでしょうね」

「見て見て。のり弁捨ててあるわ。勿体無いこと」

皆が口々に喋りだした。まいったな、このババアたち。どうやったら逃げられるだろうか。ジルさんが、携帯電話を耳に当ててアイ子を睨《にら》んだ。とうとう警察に捕まる。アイ子は逃走経路を確保しようと、玄関の方を眺めた。立ちはだかるミッチーを突き飛ばして逃げる他あるまい。荷物を持って行くのは無理だろう。その時、突然、カヨコが叫んだ。

「ねえ、あんた。何か見たことがあると思ったら、アイ子じゃない?」

ええーっと、三人が同時に声を上げてアイ子に近寄って来る。カヨコがますます目を眇めた。

「間違いないよ。あんたの何かを窺うような目、子供の頃と変わってないもん。あんた、こんなところに居たんだねえ。アイ子でしょう。『母さん』が死んでからどうしてたんだろうと思っていたんだけど、エミさんと連絡取り合ってたのね」

仕方なしに、アイ子は頷いた。

「あたしは松島アイ子です。ヌカルミハウスが解散してから、星の子学園という施設に行って、中学まで出して貰いました。それから、一人で生きてます。だから、エミさんはあたしの母親代わりなんです」

あとは口八丁手八丁と思っていたら、意外にもミッチーが手を叩いて喜んだ。

「良かった、会えて。実はあなたのお母さんのことで話があるのよ」

「エミさんのことですか」

「まさか、海菊屋の『母さん』のことよ。どうやら、あの人があなたの本当のお母さんらしいのよ。知らなかったでしょう。あなたは海菊屋にいた娼婦の誰かが産み捨てて行った子供って言われていたもんね」

アイ子は驚いて畳にへたり込んだ。あの「母さん」があたしの本当の母さん？　これまでの幻想ががらがらと音を立てて崩れていくのを感じる。それだけは嫌だった。「母さん」は、すでに五十代に入った、剣呑《けんのん》で強突張《ごうつくば》りの嫌な女だった。アイ子を一度も優しく抱いてくれたこともなければ、お菓子ひとつ、絵本一冊、買ってくれたこともない。寒い冬の晩だって、あたしは押入れの中で毛布一枚なのに、「母さん」だけはぬくぬくと電気毛布を掛けていた。テレビを見せて貰ったこともなければ、映画にだって連れて行って貰ったこともない。「母さん」は炬燵《こたつ》で鴨鍋《かもなべ》を突ついていたのに、あたしは「母さん」の食べ残しを目を盗んで食べていた。「母さん」が姐さんたちとアイスクリームを食べていた時だって、あたしは温《ぬる》い水道水を飲んでいたんだから。これは虐待と言わないのか。戸籍だってなかったから名字もないし、手続きが終わるまで学校にも行けなかった。松島という名字は、星の子学園の当時の園長が宮城県出身だったからだってさ。おふざけ名字だ。馬鹿馬鹿しいじゃないか。

「違うと思いますよ。優しくして貰ったことなんかないですから」

アイ子があまりにも憤然として見えたせいか、ミッチーが手を取った。

「まあまあ、あんたは知らないだろうけど、あたしら娼婦の仕事は気が荒《すさ》むのよ。『母さん』だって、きっと気持ちがざらついていたのよ」

ざらついてるのはお前だよ。アイ子は手を引っ込めようとしたが、ミッチーはしっかり握って離さなかった。

「実はね、あたしたちはあなたを探していたのよ」

ミッチーはエミさんのことなどすっかり忘れたかのように言った。

「何でですか」

アイ子はミッチーの親愛の情に辟易《へきえき》として尋ねた。スキンシップは苦手だった。

「あのね、教えてあげるわね」とミッチーは親切そうに言った。「洗濯屋の双子と一緒に暮らしている、ユカリ姐さんが疑惑の渦中にいるの。どさくさに紛れて、『母さん』の土地を奪ったんじゃないかという疑惑。あたしたちの追及に、ユカリ姐さんは、自分は『母さん』の娘だと主張したのよ。そして、あんたも『母さん』の娘だと証言した。

あたしたちは、ユカリ姐さんが嘘を吐いてると思ってる。だから、あんたにユカリ姐さんと会って、対決してほしいのよ。そして、海菊屋を洗濯屋の双子から、『母さん』の直系に取り戻してほしいの。あんたさえ良かったら、跡地に皆で新ヌカルミハウスを建てて、老人ホームにするってのはどう」

何言ってんだか。アイ子は混乱しつつも、次なる手を考えていた。風向きが変わってきたんだから、感情を排して、より良い方向に持って行かねばならない。

「あたし、『母さん』の子なんですね」

「そうなのよ。あんた、苦労したね」

カヨコが泣き、ミッチーがこぼれる涙を見せまいと顎を上げた。ババアたちの緩んだ感情を利用しよう。

「わかりました。あたし、おばさんたちのためなら何でもします」

四人組が帰った後、アイ子はひたすら待ち続けた。腹が減って、放り出してあったの り弁当を手摑みで食べ、水道に直接口を付けて水を飲んだ。暗くなっても奥の部屋に蹲《うずくま》って待ち続けた。四人組の話に乗るためにも、目障りな敵は排除しなければならないのだ。深夜、やっと玄関で密《ひそ》やかな音がした。鍵を外す金属音。建て付けの悪い戸が静かに開けられた。みしっと床を踏んでいる。体重が軽そうだ。暗闇で待っていたアイ子は、目が慣れているから、薄気味悪そうに手探りで、エミさんが奥の部屋に入って来るのが認識できていた。エミさんは明かりを点けずに、気配を窺っている。天袋を見上げ、照明を点けようと後ろ向きになった。アイ子はすかさず、エミさんの後頭部をスコップで殴った。

昏倒《こんとう》したエミさんを縛り上げて庭に転がし、アイ子は再び穴を掘っている。昨夜掘ったばかりだから、土は軟らかかった。エミさんが気付いたらしく、身じろぎした。アイ子を見て、恐怖で硬直しているのがわかる。アダムの顔まで掘り進んだアイ子は、さてと、死にますか、と振り向いてエミさんに言った。

12 冷たい土の中にある真実

「あんたは、ほんとに悪魔の子だったね」

　スコップでせっせと黒い庭土をかけるアイ子の耳に、呟きが聞こえた。男とも女とも、老人とも若者ともつかない声音。それは念仏のごとく、何度も繰り返された。あんたはほんとにあくまのこだったたね、あくまのこだったたね、だったたね。アイ子は手を休め、耳を澄ました。たちまち声は聞こえなくなり、再び作業に入ると調子を取るように始まる。

「エミさん、いい加減にしてくださいよ」

　アイ子は、手足を縛られたまま土中の穴に横たわるエミさんに話しかけた。エミさんは、掘り返して露わになった、アダムの腐りかけの死骸《しがい》の上に仰臥《ぎょうが》し、下半身はすでに湿った重い土に埋もれていた。顔だけ残したのは、アイ子流の嫌がらせだ。恐怖を味わわせて、最後に苦しみで幕を閉じるための。そうでもしないと割に合わない。エミさんは、あたしの行状を調べ上げ、あちこちに告発状を送っていたんだから。婆さんの癖に狡賢《ずるがしこ》いエミさんを簡単に死なせるのは癪《しゃく》というもの。

「アイ子、あんたの本当の母親は誰か、知ってるのかい」

エミさんが痰《たん》の絡んだ嗄《しゃが》れ声で叫んだ。アイ子はすぐさま返答した。

「知ってますよ。『母さん』だって、今日聞きました。ユカリ姐さんて人と姉妹だって」

エミさんが、あちこち歯の抜けた歯茎を剥いて哄笑《こうしょう》した。

「何で笑うの」

作業に疲れたアイ子はスコップを置き、爪の中に詰まった泥を取った。折から、雲が晴れて満月が現れ、エミさんの顔がはっきり見えた。過度の飲酒のせいで、肉の落ちた顔には皺やたるみが浮き上がり、夜目にも醜い。ヌカルミハウス・ナンバーワンの美貌は面影もなかった。悪い歳の取り方だ、とアイ子は思った。憧れだった可愛いエミさんが、こんな老婆になるなんて。

「アイ子、言っておくけどね。『母さん』があんたの母親の訳がない。あの人は、子供を産めない体だったんだよ。一度も出産したことなんかない。ユカリ姐さんが娘だなんて、ちゃんちゃら可笑《おか》しいよ。あたしだけが知ってるんだ、あんたの本当の母親を」

「もう、どうだっていいよ。あたしは『母さん』の子でいた方が得なんだもん。ヌカルミハウスの土地を貰えるって」

　エミさんは吹きだした。唾と一緒に土くれが飛んだ。

「馬鹿だね、あんた。そんな法螺《ほら》を信じているのか。ミッチーはあんたを担ぎ出して、あの土地を奪う気なんだよ。年寄り娼婦の相互互助会か、笑えるよ」

　少し休んで元気が出たアイ子は、石混じりの土をどさっとエミさんの胸に載せた。顔に小石が当たったのか、エミさんが悲鳴を上げた。

「ああ、助けてちょうだいよ、アイ子」

「やだよ」

　アイ子は構わず、エミさんの体の上に土を被せ続ける。エミさんが苦しそうに口から土くれを吐き出した。爪先と顔だけが出ている珍妙な姿だった。不意に、自分の大事にしている靴箱を思い出した。白い古い靴。あれをくれたのは「母さん」だった。「あんたの母親の形見だよ」と。一瞬の逡巡《しゅんじゅん》を見計らったのか、エミさんがすかさず言った。

「あんたの母親はこのあたしなんだよ、アイ子」

　アイ子は笑いを洩らした。天から信用していない。

「あら、面白い。新説じゃないの。何で今まで言わなかったのよ。あたしは、あんたのうちにさんざん居候してたのに」

「打ち明けられなかったんだよ、あんたがあまりにワルだから。怖かったし、観察を続けたいと思ったし。ねえ、真実を教えてあげるから、土を取り除いておくれ。息が苦しくて喋れないんだよ。これじゃ死んじまう」

「やなこった。でも、面白いから話してみてよ」

助かりたい一心で、作り話を始めようというのだろう。アイ子は興がって、ジーンズのポケットから煙草の箱を取り出した。一服してやれ。長屋は住人もほとんど去って、廃屋同然の姿を晒《さら》している。いずれ取り壊されて、団地になるという話だった。周囲は人通りもなく、しんと静まり返っていた。アイ子は煙を吐き、満月を見上げた。月光は怖ろしいほどの光量で、長屋の欠けた瓦《かわら》や、ささくれた板壁、草が生い茂った庭などを照らし出している。エミさんとアダムに相応《ふさわ》しい、最低の住処《すみか》だった。エミさんが途切れ途切れに息を継ぎながら、話し始めた。

「アイ子、よく聞きな。あんたを産んだのは、このあたしだよ。間違いない。あんたの誕生日は、忘れもしない二月の三日だ。節分の日だったから、よく覚えているよ。鬼は外、福は内。そのまんまさ。あたしは、鬼をたった一人で、しかも、やっとこさで外に出したんだ。あんたのことだ。死ぬかと思ったよ。でも、福は来ない、来っこない。あたしは悔しさと遣《や》り切れなさで死にたかった。だって、あんたを産んだ時のあたしは、たったの十八だったんだから。そして、あたしは男に死ぬほど酷《ひど》い目に遭わされたのさ。今、あんたは年齢を逆算してるんだろう。言っとくけどね、あんたの本当の歳は、四十七歳だよ。自分ではまだ四十二くらいだと思ってるんだろうけど、間違っている。あんたが星の子学園に引き取られた時は、実は十三歳だったんだ。誰もが、あんたを八歳くらいだと見当を付けていたんだろうが、違う。体が小さかったから誤魔化されたけど、あんたは本当は十三歳だった。十三歳から小学校に入ったんだよ。可笑しいだろう」

「うっそーん」アイ子はせせら笑った。「エミさん、それもスピカ先生のお告げかい」

「スピカ先生は関係ないよ。聖なる名をあんたの汚い口から出すんじゃない。今わの際《きわ》に、産みの母親が真実を明らかにしてるんだから、静かに聞きな。でないと、一生後悔することになるよ」

エミさんが厳然と言い渡したので、アイ子は肩を竦《すく》めた。

「へいへい」

「あたしはね、美しい娘だった。あんたのような不細工な子を産むはずもないのに、生まれた赤ん坊は猿の糞《くそ》みたいに醜かった。その理由はね、あたしが十一人の男に寄ってたかって輪姦《りんかん》されたからなんだ。そいつらがサッカーチームだったら、あんたもこうはなるまい。あたしを輪姦した奴らが、少しでも他人より優れた能力を持っている男たちだったら、あんたは違う女になったはず。でもね、あたしを輪姦したのは、この世で最低の男たちだったんだ。金のためなら目の色変えて、どんな汚いことでもするヤクザ、遺産相続の恨みから親を殺した本物の穀潰《ごくつぶ》し、妹を強姦して妊娠させた変態、老婆を突き飛ばして金を奪うのが専門の男、子供を誘拐して焼き殺した極悪人、生まれつきの嘘吐《つ》き、悪事を働いても何とも思わないどころか、まだまだ足りない、人の心の暗い部分ばかりに目が行ってしまうような連中だった。そういう奴らが偶然十一人も集まったんだ。どんなに悪が充満していたか、わかろうというもんだ。たまたま、奴らは網走《あばしり》刑務所を脱獄して、南へ逃げる途中だったのさ。そこに居合わせたのが、可愛い観光バスガイドの私。『はい、皆様、左手をご覧ください。深い山の谷間《たにあい》に見えて参りましたのは、山の彼方の空遠く、幸い棲《す》むと人の言う、阿寒《あかん》湖でございます。阿寒湖の毬藻《まりも》は、このくらいの大きさになるまで、湖の底で、恋の夢を見ながら、眠っているのでございまあす』。あたしは何も知らないで、「毬藻ブルース」を歌っていた。『北の果ての青い空、涙を映す湖で、わたしは眠っていたのですー、あなたに会うまで水の底ー。深い思いは沈みます』。これはね、『思い』と『重い』をかけているのさ。ま、そんなことはどうだっていい。奴らは観光バスを止め、客を降ろし、運転手を殺して、あたしを代わる代わる犯した。そして、バスを使って函館まで逃げた。青函《せいかん》連絡船の乗り場で殺し合いの仲間割れをし、やっと捕まったのさ。それまであたしはずっと裸でバスの支柱に繋がれていた。知らないだろ、こんな事件。知りたくないだろうが、あんたには知る義務がある。なぜなら、真実を知っているあたしが、今、死んでいこうとしているから。アイ子、男たちの邪悪の煮詰めに煮詰めたエッセンスが、あんたという人間の原点なんだよ。

娼婦の中の娼婦であるあたしという女の性《さが》が、あんたの人間の臍《へそ》でもある。あたしがあんたを捨てた理由がわかるだろう。そして、産みの母親だと告白できない訳も。母親だからこそ、伝えられない、伝えたくない真実もある」

アイ子は、もう一本煙草に火を点けた。ぽつっと雨粒が頬に当たった。月夜なのに、雨が降っているのか。アイ子は不思議に思って空を見上げた。雲一つない夜空だった。濡れているのはアイ子の目だけだった。涙。嘘、あたしが泣いてる。物心ついてから、一度も泣いたことのないアイ子は、汚れた指で目を擦った。涙はひっきりなしに流れていた。エミさんが苦しそうに息をひとつ吐いた。

「アイ子、聞いてる？」

「うん、聞いてる」

アイ子は涙が流れていることを告げようと思ったが、最期が迫っているのか、エミさんは急《せ》き込んで喋った。

「そろそろやばい。急いで話すよ。息が苦しいし、頭が痺《しび》れてきた。あんた、力一杯殴っただろう。肺も潰れてるらしい」

アイ子は、スコップで思いっ切りエミさんの後頭部を殴ったことも忘れ、自分はいったいどうしたらいいのだろう、と考えていた。後悔という名の初めての感情にうろたえていたのだった。

「函館で警官に助け出された時、あたしは全身に深手を負っていたよ。あいつらは、あたしを優しくなんか扱ってくれなかったのさ。抱く度に殴った。でも、あたしの親は、あたしが生きていたので、あたしを詰《なじ》ったよ。何であの時、舌を嚙んで死ななかったのか、と。札付きの奴らに犯され続けた娘が恥ずかしかったんだ。あたしは、そうか、あたしが死ねば皆がほっとしたのかと落胆した。あのバスで、生きよう、逃げよう、と必死だった自分は何だったのか、と思った。やっと最後の傷のカサブタが剝がれた日、あたしは故郷を捨てて、東京に出ることにした。親も兄妹も親戚も、あたしがいなくなるので、明らかにほっとしてたよ。その癖、お金もくれなんだ。当然、あたしはお定まりの転落さ。あんたの育った海菊屋。そう、ヌカルミハウスだ。ある日、あたしは妊娠していることに気付いた。間違いなく、バスの中の子供だった。仕方ないので、娼館の『母さん』に相談した。『母さん』は金は出さないけど、ここで産んで育ててもいい、と言った。あたしの器量が良くて、ナンバーワンになっていたから、手放したくなかったんだ。あたしはあんたを産みはしたが、育てはしなかった。ごめんね、あんたを捨てた。心の底から、あんたが嫌だった。だって、あんたを見れば、あのバスの中でのことを思い出すだろう。この顔はどいつの子供だろうって。誰の子供だって、構わないのさ。どれも最低で、反吐《へど》が出そうな下司《げす》野郎なんだからさ」

「エミさん、あの白い靴は何」

アイ子は蒼白《そうはく》になって尋ねた。

「バスガイドの制服の靴だよ。阿寒湖の観光バスガイドはね、青い制服で、あの白い靴を履くんだ。あの靴を履きたくてバスガイドになったのに、お笑い草じゃないか」

「だから、『母さん』が形見だと言ってくれたのね。強突張りだと思ったけど、いいところもあったんだ」

アイ子の呟きに、エミさんは弱々しく首を振った。顎まで土に埋まり、息をすることすら難しそうだった。

「『母さん』じゃない。あたしがあんたにあげたんだよ。どうしてあんなボロ靴を持って来たのかわからない。でも、何だか捨てられなかった。だから、生まれてきた記念に、と思ってあんたにやったんだ。久しぶりにあんたが訪ねて来た時、あたしはとても怖かった。だって、あんたはすでに悪事を働いた顔をしていたからね。あたしにはすぐわかった。ああ、やっぱり、あたしは悪人を産んだのだと悲しかった。あたしは身を売り、人を騙《だま》しても、あんたのような悪事はできないもの。太陽神会に入ったのも、告発状を書いたのも、あんたが捕まってほしいと心から願ってのことだ。あたしはとっくにあんたの冥福《めいふく》を祈ってたんだろうね」

アイ子はエミさんの体の上を覆っている土を両手で取り除いた。エミさんが母親なら、助けたい。だが、エミさんは力無い声で言った。

「もういいよ、アイ子。あたしは早く死にたい。碌《ろく》な人生じゃないかも、と最近スピカ先生にも言われたし。何だよ、あのスケベジジイは」

「お母さん、しっかりしてよ」

お母さん。自ら発した言葉に酔いながら、アイ子は土を払う。だが、エミさんは深い溜息を吐いた。

「さいなら、アイ子。あんた、逃げ回って生きるのも辛かろうね。だけど、仕方ないよ。恨むなら、脱獄した男たちを恨め」

エミさんは息をしなくなった。あれだけ探していた母親を、自ら殺したのだ。アイ子はエミさんの醜くなった顔に泥だらけの指で触れてみた。憧れのエミさんが母親だったとは。エミさんにちっとも似ていなかったのは、父親のせいだった。父親が誰か、なんてどうでもよかった。誰が父親でも呪いたくなるような悪党たちだったのだから。アイ子は虚しくなり、立ち上がってスコップを手にした。死体に土を被せる作業に没頭する。小一時間で、エミさんの体はすっかり土に埋もれた。アダムとエミさんは、上下に重なったまま、冷たい土の中で仲良く朽ちていくことだろう。

その夜、心身共に疲労困憊したアイ子は、アダムが倒れていた辺りで横になった。古畳からは、黴《かび》やゴミや垢《あか》などの、様々な嫌な臭いが立ち上っていたが、アイ子はエミさんの衝撃の告白のせいで、起き上がることができなかった。一時間後、眠りに落ちたアイ子は、滅多に見ない夢にうなされていた。

アイ子はバスの料金箱の取っ手に鎖で繋がれていた。どういう訳か、ホテルメイドの制服姿だった。座席から、アイ子を睨《にら》み付けているのは、アイ子が殺した人間ばかりだった。

「あんたは、あたしが羨ましかったんでしょう」

手鏡を覗いて、縦ロールの髪を直しながら井上さくらが言った。さくらは、殺された当時の格好そのままだった。かれこれ二十五、六年前になろうか。細眉で髪を真ん中から分け、ピンクのフリルブラウスに紺のスカートという清純な姿。が、惨《むご》いことに、顔の右半分から胸にかけて、ひどく焼け爛《ただ》れていた。

「あんたは、あたしにママがいたから悔しかったのよね。ママはおうちの事情であたしを星の子に預けているだけだったから、あたしは星の子では一番恵まれていたもんね。それにあたしは努力家だった。勉強できたし、顔も綺麗。あんたが焼き餅妬《もちや》くのはわかるわよ。あんたの持ってた、汚い靴箱を笑ったこともあるし。でも、そんなことで殺されるのって、とっても理不尽じゃない。あたしは国立の薬学部入って、希望に燃えていた矢先だったのよ。あんたが来た時だって、あたし、親切にしたじゃない。勉強する気なら、幾らでも参考書を貸すし、あたしの古いスカートを上げようかって言ってあげたのに」

さくらはそのうち泣きじゃくり始め、熱い熱い、とピンクのブラウスのフリルを引きちぎった。アイ子は目を背けた。

「この子は五歳も年齢をサバ読んでいたのね。てことは、十七歳で六年生の振りをしていたことになるわ。怖いこと。道理で子供大人みたいだったものね。いや、あんたは今、大人の姿をした子供なのよ。保育士歴が長いのに、見抜けなかったなんて自信を失うわ」

後ろの二人掛けの席に、仲良く並んでいるのは美佐江先生と稔だった。美佐江先生は、声を聞くまでわからないほど、上半身が焼け焦げているので、真っ黒な人形が喋っているかのようだった。口を開く度に、口からしゅーしゅーと蒸気が上るのだった。

「アイ子、お前、俺の可愛がってた『めーめー先生』を殺しただろう」稔は憎々しげに言った。「俺のこと、『めーめー先生』にそっくりとか言いやがって」

こちらは一酸化炭素中毒で死んだせいか、面相は普段と変わりない。山羊のめーめー先生そっくりの顎鬚《あごひげ》をしごき、アイ子を睨み付けている。アイ子は何も答えなかった。

「あなた、あたくしのお金をずっと盗んでいたのね。あたくしが何も知らないと思っていい気になってあんまりです。あなたの悪行は絶対に裁かれるわよ。あたくしたちも天国から、ことの成り行きを見守るつもりですからね」

全裸でシャワーキャップを被った猿渡睦子が憎々しげに言った。たるんだ肉塊がバスの震動でぶるぶる揺れた。猿渡睦子の前後の席には、アイ子が事故を装って殺したホテルの客たちがずらりと並んでいた。名前も顔も覚えていない人々。パジャマ、全裸、下着。いずれも、緊張の緩んだ瞬間を狙われたことを物語っているかのような死者の姿だった。

一番後ろの席に座っているのは、アダムだった。アダムは目を見開き、悲しそうな表情でアイ子を見つめている。アイ子は、アダムの横にエミさんがいないかと探した。だが、エミさんはいない。会いたかったのに、とアイ子は涙を流した。バスの運転手が振り向いた。

「アイ子、お前、これからどうする」

エミさんが、薄汚い着物姿でハンドルを握っていた。足には、アイ子が肌身離さず持ち歩いていた白い靴。可愛いちんまりした鼻や、やや上がり気味の丸い目が魅力的だった顔は、幾筋もの皺に覆われ、重力で垂れ下がり、酒で灼け、赤茶色の縮んだご面相になっている。だが、これがあたしの母親なのだ。ごめんね、母さん。アイ子ははっきり答えた。

「真人間になる」

バス中の失笑を背に受け、アイ子は何度も叫んでいた。これからは真人間になります、反省しました、と。

「まにんげんって、どういうことなのよ」

エミさんが、白い靴でブレーキを踏んだ。アイ子は前のめりに倒れ、フロントガラスに突っ込みそうになった。皆がやんやと喝采《かっさい》した。

「わかりません。だけど、もう悪いことはしないようにします」

「あんたにとって、悪いことって何よ。あんたのすべてじゃない。あんたが生きていること自体が悪いことなのよ。あんたなんか、社会の屑《くず》よ、害毒よ。死ね、死ね」

さくらが叫んだ。バスの中が「死ね、死ね」の大合唱になった。猿渡睦子が上品に同調する。

「邪悪な女は、早く死んだ方がいいですことよ」

「でもね、アイ子のせいだけじゃないわよ。養育者の態度だって問題ですよ。問題児の行動については、大人の側の責任ですよ。産みっ放しの母親が悪いんですよ」

美佐江先生だけが抗弁してくれた。エミさんが振り向いた。

「先生。じゃ、あたしが悪いと言うんですか。じゃ、どうしたらいいの。レイプされた女は、責任を取らなきゃいけないって言うの。変だよ」

「お母さん」

アイ子が突然、呼びかけたので、エミさんはきっとアイ子の方を見た。

「あんたは生物学的にはあたしの子供だけど、精神的には違うんだよ」

「じゃ、母性愛は」

アイ子の質問を、エミさんは笑い飛ばした。

「んなもん、幻想に決まってるさ。皆、楽になるために、自分に暗示をかけてるんだ」

バスの中は静まり返って、二人の会話に耳を澄ましていた。

「じゃ、ママに聞いてみる」

アイ子はエミさんのアクセルを踏み続ける足元を指差した。

「これがそうだって言うのかい」

エミさんは意外そうに、履いている靴を眺めた。構わず、アイ子は喋り続けた。

「ママ、母性愛ってあるよね」

だが、いつもと違って、靴は答えない。アイ子は焦った。ママ、どうしたの。ママ、どうして答えてくれないの。

「ええい、ママ、ママってうるさいね。お前は母親殺しの癖に何を言ってる」

エミさんの叫び声がして、バスが急停車した。途端に、バス中が口論になったので、アイ子は耳を塞《ふさ》いだ。突然、どんどんと雨戸を激しく叩く音がした。庭土の中から、エミさんが生き返って復讐に来たのだろうか。アイ子は怖ろしくなって身を縮めた。夢と現実の区別が付かなかった。

「アイ子ちゃん、アイ子ちゃん。そこにいるんでしょう」

猫撫で声がする。声の主は、どうやら昨日来たミッチーらしかった。アイ子は跳ね起きて、急いで雨戸を繰った。外は雨だった。眼前に、アダムとエミさんを埋めた場所がある。庭土が盛り上がり、土饅頭《どまんじゆう》のようだ。中から笑い声が聞こえる気がして、アイ子はぎゃっと叫んだ。

「どうしたの、アイ子ちゃん。あたしはここですよ」

ミッチーと呼ばれた女が、アイ子を見ていた。今日は黒い折り畳み傘を差し、洒落た豹柄プリントのレインコートを羽織っている。

「何ですか」

アイ子は目脂《めやに》を落としながら尋ねた。何という縁起の悪い夢を見たものか。まだ動悸《どうき》が激しかった。夢をほとんど見ないアイ子は、まだ現実に馴染めない。

「『母さん』の娘のアイ子ちゃんを見付けた、と言ったらね。ユカリ姐さんが、あなたに是非会いたい、と喧嘩腰なのよ。だから、あなたを連れて行こうと思ってね」

「こんな雨の日に？」

アイ子は首筋を掻きながら、空を見上げた。ふふふ、とまたも土饅頭から笑い声が聞こえた。アイ子はひっと怯《おび》えて、地面を見たが、ミッチーの耳には入らないらしい。

「こういうことは早い方がいいのよ。それに、あなたもどこに行っちゃうかわからないからね」ミッチーは、胡散臭《うさんくさ》げに家の中を覗いた。「あなた、どうやってここで寝たの」

「適当に」

ミッチーは不審な日付きをした。

「あなた、まさかホームレスじゃないわよね」

「そんなことないです。でも、あたし交通費ないですよ」

「仕方ないわね。活動資金から出しますよ」

ミッチーは嫌々答えた。


「らいふドライクリーニング店」の前で、赤い傘と揃いのレインコートを着たジルさんが傘を振って合図した。灰色の年寄り臭いレインコート姿のツルちゃんと、前日と同じ格好をしたカヨコが一緒にこちらを見ている。アイ子は、徹夜に近い重労働と悪夢とで、疲れた体を引きずって三人に近付いた。ツルちゃんが顔を顰《しか》めた。

「アイ子ちゃん、どこか悪いの。顔色良くないわよ。それに、あちこちに泥が付いてる」

「そうなのよ。電車の中で恥ずかしかったわ」

ミッチーが声を潜めてツルちゃんに囁《ささや》いたが、アイ子の耳には丸聞こえだ。アイ子はクリーニング店で働く双子の男を眺めた。もしかすると父親かもしれない、なんて考えたあたしは甘かった。あたしの父親は、どこの誰かわからない馬の骨、かつ邪悪な男。エミさんを損ね、あたしを根っからの悪党にしたのだ。しかも、四十二歳だと思っていたのに、すでに四十七歳とは。これまで全く考えたこともなかったのに、急激に押し寄せてきたアイデンティティの大混乱は、アイ子を腑《ふ》抜《ぬ》けに、そして薄馬鹿にしていた。

「さあ、行くわよ」

ミッチーがアイ子の背中を押した。四人の老女は、アイ子を伴って勇んで店に入った。カウンターには、薄幸そうな、疲れた顔の中年女が一人、老眼鏡を掛けて伝票を書いていた。女は、アイ子と老女四人の出現に、驚いた様子だった。

「ユカリ姐さんをお願いします」

「ユカリ姐さん?」きょとんとした顔をしている。「もしかして、静子さんのことでしょうか」

「ああ、そうそう。静子さんでした」

ミッチーが意地悪く訂正した。中年女が内線電話でユカリ姐さんを呼んだ。その間、店の奥にあるプレス機や染み抜き台の前で忙しそうに働いていた双子は、いつの間にか姿を消していた。やがて、店の横にあるエレベーターが開き、小柄なユカリ姐さんが現れた。ピンクのフリースにそぐわないモンペスタイルのパンツを穿《は》いている。急いで塗ったらしい赤い口紅がはみ出しているのは、心底慌てたせいだろう。染めた髪は薄く、地肌が見えている。

「ユカリ姐さん、これがアイ子ですよ。『母さん』の直系」

「あら、本当なの。だったら、あたしの妹ってことになるわね」

ユカリ姐さんはしゃあしゃあと言ってのけたので、アイ子はエミさんの言葉を告げた。

「エミさんが言ってましたけど、『母さん』は子供の産めない体だったそうです」

ユカリ姐さんが笑った。

「だったら、この子も違うじゃないの」

「そうです。あたしはエミさんの娘ですから」

ええ、そうなの。話が違うじゃない。あんた、エミさんからそんな話聞いていた？　まさか。四人の老女が騒然となり、ユカリ姐さんと揉《も》み合った。アイ子はどうでもいい、勝手にやれ、とばかりに外を眺めた。店の前に、黒いベンツが停まったのが見えた。車から降りたったのは、黒のシャネルスーツを着た又勝志都子と、営業本部長の山瀬だ。志都子は澄まして店の自動ドアの前に立った。山瀬は和光の大きな包みを、恭《うやうや》しく掲げている。

志都子は、老女たちに驚きながら頭を下げた。

「お取り込み中のところ、失礼致します。先日はありがとうございました」

「いいえ、良かったですね。あたしは疲れましたけど」

半ば自棄《やけ》くそなのか、中年女が伝票の束を背後に放り投げた。

「お蔭様で本当に助かりました」

志都子が、気付かない様子で総刺繍のスワトウのハンカチで目許を押さえた。中で揉み合っていた老女たちも、中年女も、何事かと志都子を見遣る。顔を伏せていた山瀬が、アイ子を見て叫んだ。

「あ、このアマ。こんなところに居やがった。社長、誘拐犯ですよ」

志都子が顔を上げ、アイ子を見て悲鳴を上げる。

「警察を呼んで」次いでクリーニング屋の女をじろりと見た。「何で犯人がこんなところにいるのよ。怪しいわね」

志都子にきつい疑惑の目を向けられ、中年女は喧嘩腰になった。

「こっちが聞きたいですよ。冗談じゃない」

アイ子はほんの一瞬、志都子を憧れの眼差しで見たが、すぐに正気に戻り、山瀬を突き飛ばして店を出た。山瀬と運転手が追って来る。アイ子は必死に隅田川まで走った。山瀬の形相が怖ろしい。捕まったら終わりだ。隅田川のほとりに出たアイ子は一瞬、躊《ちゅう》躇《ちょ》して水面を覗いた。山瀬と運転手がすぐ側まで近付いている。が、運転手は立ち止まって、携帯電話をかけた。警察に通報しているのだろう。仕方ないなあ、と思いながら、アイ子は川に飛び込んだ。水は冷たく、臭い。アイ子は一気に大量の水を飲みながら、向こう岸に行きたいと言って泳ぎだし、一分で溺れたという男の話を思い出していた。

解説——「性悪女の一生」

島田雅彦

女の形をした地雷が東京のいたるところで炸裂《さくれつ》する。

壊れた中年女が歩けば、死体が転がる。

この女の手にかかれば、東京は汚辱まみれの下賤《げせん》の都に変わる。

社会面の記事で、ネットニュースや悪意の伝言板を通じ、私たちは日々、女たちの怨《えん》嗟《さ》の声を聞いている。いつ破裂するとも知れない不発弾が平穏そうに見える家庭に、午後の陽だまりに隠れている。時々、怨嗟の声は直接、私の耳に届く。駅前商店街を何か叫びながら、こちらに向かって歩いてくるおばさんがいる。おばさんの周囲だけ異様な空気が張り詰めている。一体何に怒っているのか、子どもには聞かせられない罵詈《ばり》雑《ぞう》言《ごん》の数々が吐き出される。捌《は》け口を失った怒りが商店街に響き渡り、通行人は凍りつく。

女はどこまで堕ちることができるか？　男の力など借りず、おのが憎しみとだぶついた肉体だけを頼りに、どこまで邪悪になることができるか？　アイ子の憎しみには由来や理由はあるのか？

　そんな問いかけに桐野夏生は、ひとつのモデルを示してくれる。世に地雷女やバカ女、キレる女は少なくないが、ヒロインのアイ子ほど救いのない女には滅多にお目にかかれるものではない。知り合ったが最後、無傷ではいられない。その怨恨《えんこん》は特定の誰かに向けられるというより、万人に向けられているので、自分は関係ないと思っていても、たまたますれ違っただけでとばっちりを受ける。焼肉屋で偶然、アイ子に遭遇した美佐江だって、なぜ自分たちが灯油を浴びせられ、火だるまになっているのか、全く理解できないまま死んでいっただろう。

　アイ子の過去を知る者は一様に「気持ち悪かった」、「嫌な奴だった」という。子どものくせに達観していて、盗癖と虚言癖があり、履き潰《つぶ》した靴と喋《しゃべ》る、娼婦に産み捨てられた娘。それこそ掃き溜めの粗大ゴミみたいな女である。その憎しみは幼少の頃から掃き溜めで育まれたものだと、読者は一瞬、勘違いしそうになる。だが、そうではない。アイ子が抱く憎しみは誰の心にもあるごくありふれた感情であって、普通はそれを表に出さずにいるのである。アイ子は環境適応能力が高く、どこにいてもすぐに場に馴染《なじ》めるという。しかも、身体能力は抜群だったようだ。いわば、誰もが日常抱く憎しみを、誰よりも躊躇《ちゅうちょ》なく、残酷に発揮できるというところが類まれなのである。誰もが暴力への衝動を抱えているが、空手やボクシングができるわけではない。逆に多少の使い手ならば、それを試さずにいられないのと似ている。文字通り「何とかに刃物」というわけだ。

アイ子は自分の過去を消し、随時、氏素性を変えながら、自分を捨てたママを探して、東京貧民街を徘徊《はいかい》する。『母をたずねて三千里』に連続殺人が重なる。母ばかりか、世間からも見捨てられた女は道連れを求めずにはいられない。肉を貪《むさぼ》り食い、絶倫男と交わる。全編には肉と脂と汗と悪臭が満ち満ちている。下品なディーテイルをたたみかけ、汚わいの世界を嬉々として描く桐野夏生は、作品を通じ、読者の寛容を試しているかのようだ。

ヒューマニズムとは何かということさえも考えさせられる。いまだにマスメディアにおいても、文学や映画においても、このヒューマニズムという曖昧《あいまい》な装置が機能している。これは民主主義と同様、衆愚政治を生むだけの最低の原理だが、ほかにましなものがないので、民主主義はしょせん、絶対多数の合意を得るための方法であり続けている。民主主義はしょうがない。ヒューマニズムも底が浅いゆえに、バカでもわかるので、モラルの形成にはもっともましな手段と見做《みな》される。この装置は他人の振りを見て、わが振りを直すようなもので、許しがたい存在への制裁も発動させる。下品な行為に対する嫌悪、卑怯《ひきょう》な手段を使う者への反発、血も涙もない冷淡さへの怒り、無礼者への不快、さまざまな形態を取る。世間から総スカンを食らうことを何よりも畏《おそ》れる人気商売は、できる限り悪のイメージから自分を遠ざけなければならない。それはそれで人を不自由にする。しかし、ヒューマニズムのたがが外れると、人間の本能や理性を囲っている樽《たる》が壊れ、悪意や怨恨、攻撃衝動がとめどなくあふれ出ることになる。だから、みな我慢しているのだが、それでも他人に迷惑をかけない限りにおいて、窮屈なモラルを踏み越えたいと願うのである。それが愚行の自由である。

他人の愚行、他人の下品さ、他人の卑劣さをどこまで許容するか？　絶対多数が敵意を示す他者に対して、どこまで寛容でいられるか？　ヒューマニズムはそれもまた問う。誰からも嫌われ、虫けらのごとく扱われ、その腹いせに人を騙《だま》し、人を殺すような者に対してさえ、愛の手を差し伸べる。実はそうした困難な人間愛こそがヒューマニズムの本質でもある。世界で一番孤独な人を愛すること……それは人々の罪を背負い、十字架にかけられたキリストを愛することにつながる。敬虔《けいけん》なクリスチャンであっても、そこまで達観できる人はいまい。マザー・テレサの人口は極めて少ないのである。この国にも「悪人正機説」があって、罪深い者さえも救われることになっているが、それでも悪は滅びることを願い、信じる人の方が多い。

『I'm sorry, mama.』は人間の屑になることにさえも喜びはあるということを教えてくれる。

もちろん、誰もアイ子のようになりたいとは思うまい。毒入りカレー事件の容疑者林眞須美、秋田の幼児連続殺人事件の容疑者畠山鈴香のようになりたいと思わないように。多くの人々はそんな連中は「死ねばいい」と思うに違いない。ところで、こうした凶悪な女に対する憎悪は、もっと身近にある非常識にも向けられる。

学校の給食費の支払いを拒み、教師に食ってかかったり、子どもを平然と虐待するようなモンスター・ペアレンツなら、身近にもいる。夜中にゴミを出す主婦、明け方に騒音を撒《ま》き散らすおばさんもまた私たちの隣人である。そういう連中に対しても、内心で「死ねばいい」と思っている。誰だって瞬間的に殺意を抱いたことくらいある。ただ、自分には守るべき家族や体面もあるから、殺意を抱いた次の瞬間に、鼻で笑い、寛容さを取り戻すのである。逆にいえば、ここで我に返ったりせずに、アイ子のようにおのが悪意や怨恨にのみ忠実に存分に破壊衝動を解き放つことができたら、さぞ爽快だろうとも思うはずなのである。むろん、それは自己責任を伴わない妄想に過ぎない。しかし、妄想の中ではアイ子のような怪物になり、気に入らない奴らを皆殺しにすることもできる。

「連中にはモラルなんて説いても無駄だ」とか「本能が壊れている怪物の再教育は困難だ」とヒトはいう。だが、私たちはその怪物の心中を知ることはできる。なぜなら、私たち自身の中にも怪物は潜んでいるから。それを何とか飼い馴らそうとすること、それが多かれ少なかれヒューマニストである私たちに与えられた義務である。

それにしても、アイ子のごときモンスターにさえも憑依《ひょうい》できる桐野夏生はテレビで人気の巫女《みこ》などよりもはるかに強い霊能力を持っているのではないか？　普通、マイナスオーラを吸い過ぎると、病気になるものだが、彼女は平然と、女たちの怨嗟と欲望を解き放ち続けている。それでいて、魅力的なレディでいられるということはやはり、元々モンスターだからなのか？　謎は深まるばかりである。

この作品は二〇〇四年十一月、集英社より刊行されました。

なお、本書はフィクションであり、実在の人物・団体・事件などには、無関係であることをお断りします。

JASRAC出0714595-701

集英社文庫

I'm《アイム》 sorry,《ソーリー、》 mama《ママ》.

2007年11月25日　第1刷　　定価はカバーに表示してあります。

著　者　桐野《きりの》夏生《なつお》

発行者　加藤　潤

発行所　株式会社 集英社
東京都千代田区一ツ橋2-5-10　〒101-8050
電話　03-3230-6095（編集）
03-3230-6393（販売）
03-3230-6080（読者係）

印　刷　凸版印刷株式会社

製　本　凸版印刷株式会社

フォーマットデザイン　アリヤマデザインストア　　マークデザイン　居山浩二

ISBN978-4-08-746230-2 C0193